러브 모노레일

제 1·2회 타임리프 공모전 수상 작품집

러브 모노레일

제 1·2회 타임리프 공모전 수상 작품집

| 차례 |

러브 모노레일

제1회 우수상 수상작

단순하면서도 명쾌한 아이디어를 길지 않은 서사로 풀어냈는데, 지나치게 압축돼 있다는 점을 극복한다면 매우 흥미로운 작품이 될 것이라는 기대 때문에 추천한다.
—조원희(영화감독)

과거와 현재와 미래의 연인들이 한 자리에 모인다는 아이디어에서 출발하여, 마지막 장면의 다소 냉소적이면서도 귀여운 반전에 이르기까지 시간여행의 순정만화적 매력을 한껏 극대화하고 있다. —김용언(출판 컬럼리스트)

당신의 과거, 현재, 미래의 연인이

타임리프를 통해 한꺼번에 나타난다면?

당신은 누구세요? 넌 뭐야? 아저씬 뭐예요? 후더떡아유?

근육질, 블론드, 교복, 안경 등 다양한 남자들이 서로 통성명을 했
다. 그들은 '늘'을 한가운데 두고 둥그렇게 늘어섰다.

헤어지고, 원수졌고, 다시 볼까 두려운, 절대 만날 일이 없을 줄 알
았던 전 남자친구들 열 명. 두 명은 처음 보는 사람들이었다.

"2016년이라니, 11년 전이잖아."

누군가가 말했다.

"5년 후인데?"

H가 말했다.

"10년 후라고요."

A가 소리 질렀다.

늘은 어지러웠다. 둥글게 둘러싸서 자신을 보고 있는 눈빛들을 보

자 돌아가는 찻잔기구를 타고 빙빙 도는 느낌이었다. 뇌가 간질간질했다. 귀에서 이명이 들렸다. 한꺼번에 존재할 수 없는 여러 개의 세계가 함께 존재했다.

그들은 모두 처음 사랑에 빠졌을 때의 간절한 눈빛을 하고 있었다. '그 눈빛' 말이다. 사랑에는 다섯 단계가 있다. 시간이 흐르면서 다섯 단계를 거쳐 간다. 세 번째에서 다섯 번째로 급히 옮겨가기도 하고 다섯 번째에서 두 번째로 가기도 하지만 돌아갈 수 없는 단계가 있는데 바로 첫 번째 단계이다. 영화에서 보면 배우들이 가장 예쁜 옷을 입고 나오거나 돈이 많이 든 것 같은 특수효과를 쓰는 단계였다. 첫 단계가 가장 강렬했다. 뇌는 아드레날린을 마구 내뿜고 심장은 뛰고 손에는 땀이 나고 온갖 금단현상에 시달린다. 호르몬의 장난으로 오는 도취감과 식욕부진, 집중력 부족, 불면증 같은 부작용이 있다. 한번 그런 중독 증상에 빠지면 쉽게 해결되는 게 아니다. 지금 성격과 가치관과 국적, 나이, 성별, 체격이 다른 열두 명이 같은 고통을 겪고 있었다.

"이건 내 시간이야. 모두 나를 기준으로 맞춰 있는 거야. 나와 사랑에 빠진 순간, 그때로."

늘은 놀라며 말했다.

* * *

"스물네 명의 연인을 사귀어보도록."

열다섯 살이 되던 어느 날 아빠가 늘에게 명령했다. '내일까지 알파벳을 다 외우도록.'이니 '한 시간 안에 네 방을 청소하도록.' 하는 과제를 내릴 때와 같은 어조였다.

왜 스물넷이냐고 물어봤더니 아빠는 대답을 못 했다. *알파벳이 스물네 자라서 그렇겠지.* 늘은 생각했다. 아빠는 그녀에게 영어 스펙처럼 연애 스펙을 쌓게 해주려는 거였다. 카드놀이나 야구, 요리를 가르쳐준 사람도 아빠였다.

"쇼핑이랑 비슷한 거구나. 아빠."

다른 열다섯 살들처럼 그녀도 적극적으로 게임소프트웨어와 헬로키티 핸드폰커버 등을 구매, 소비문화에 일조하면서 청소년의 낭만과 꿈을 키우던 중이었다.

아빠는 고개를 끄덕였다.

"오래 써야 하니까 튼튼하고 고장이 안 나는 사람으로?"

불량품, 허위광고, 공동구매의 존재를 알게 되면서 삶의 아픔과 행운을 동시에 깨달아 가고 있던 그녀는 심각하게 물었다.

"비슷해. 영원히 너를 아끼고 사랑해 줄 사람을 찾기 위해서지."

영원히. 아빠는 분명히 그렇게 말했었다. 해피엔딩을 마무리하기 위해서는 왕자가 필요했다. 단 한 명. 그럴 때면 그녀는 아빠의 공주님이 생각났다. 다른 아파트 십오 층에서 다른 남편과 딸과 함께 살면서 '영원히' 늘과 아빠를 사랑한다고 하는 엄마.

어쨌든 그녀는 아빠가 준 과제에 충실하려고 노력했다.

A. 소꿉친구이자 첫사랑이었던 열다섯 살 A가 떠났을 때 그녀는 크게 상심했다. 하지만 곧 알파벳 연인 행진을 다시 시작했다. B, C, D, E, F…… 행진을 멈추지 못한 것은 우유부단한 성격 탓이었다. 양

말을 오른쪽부터 신을지 왼쪽부터 신을지 고민하는 그녀에게 세상에는 선택이 너무 많았다. 할머니가 좋냐, 아빠가 좋냐, 부터 오지선다형 문제들까지. 상황은 점점 더 심각해졌다. 햄버거를 사 먹을 때에도 치킨, 새우, 쇠고기로 만든 버거 사이에서 주저했다. 햄버거 하나에 바다 하나 육지를 넘나드는 선택 범위라니. 소스 종류는 또 왜 그렇게 많은지. 칠리, 스윗 사워, 간장. 인간이 구별해 낼 수 있는 맛을 총망라한 선택의 기로에 서서 좌절했다. 스타일로는 오대양 육 개 주에 흩어져 사는 사람들의 요리법. 지중해식. 태국식 멕시코 식 등 선택의 연속이었다. 무엇을 선택해도 계속해서 선택은 늘어났으니 더 이상 진리는 없고 다양성만 남은 세상이었다.

스물여섯이 넘어버린 어느 날 그녀는 연인 선택에 지쳤다. 그녀가 좋아하는 사람과 그녀를 좋아하는 사람, 친구들이 좋아하는 사람, 아빠가 좋아하는 사람들, 아빠를 좋아하는 사람들 사이에서 영원히 방황하던 중이었다.

"그런데 스물네 개, 아니 스물네 명이나 주문하고 스물네 번이나 반품해야 하는 거야?"

그녀가 불평했다.

"물론 스물네 명은 많아 보이지."

아빠는 목소리 톤을 낮췄다.

"구두를 평생 한 켤레만 신을 수 있다고 생각해 봐. 선택이 중요하지."

아빠의 말에 그녀는 사태의 심각성을 깨달았다. 색깔. 소재. 스타일. 모든 점을 만족시키는 단 한 번의 구매. 영원히 끝나지 않을 과제였다.

그러던 일 년 전, 갑자기 아빠가 돌아가셨다. 제자리에 모든 것이 정돈되어 있어야 안심하는 그녀는 큰 시련을 맞았다. 아빠의 자리를 대신할 사람이 없었다. 수요는 공급을 낳았다.

Z와 연인으로 사귀기 시작한 것은 그 무렵이었다. 그는 열한 번째 연인이었지만 그녀에게는 Z였다. 마지막이니까. 그녀는 그와 결혼하기로 결정했다. 한 달 후에.

어젯밤, Z는 그녀가 좋아하는 인도음식점에서 로소골라식 설탕케이크에 작은 초를 올렸다. 일 주년 기념일에 초가 두 개나 올라와 있었다. 불을 껐고 채식주의자 메뉴에 있는 커리와 여러 종류의 난을 먹고 집에 왔다. 성공적인 기념일이었다. 이번이 두 번째가 아니라 첫 번째 기념일이란 것을 Z가 미처 몰랐다는 것을 빼고는 말이다.

'두 번째 기념일로 착각한 건 그렇게 중요한 일이 아닐지도 몰라.' 그녀는 생각하며 수면제를 입 안에 털어 넣었다. 자리에 눕자 곧 수면제 기운 덕분에 잠이 오기 시작했다. 그녀는 계속 생각했다. '첫 번째 남자친구라면 기념일을 절대 잊지 않았을 것이고, 네 번째 남자친구는 기념일에 더 헌신적이었고, 열 번째 남자친구는 여자들이 기념일을 소중하게 생각하는 것에 대해 더 말이 통했어. 그건 어차피 과거일 뿐이잖아. 하지만 남편이라고는 한 명이지. 남편은 첫 번째든 백 번째든 한 명이야……' 자꾸 말을 반복하자 마음도 가라앉고 잠도 오기 시작했다. '……그래 맞아. 첫 번째가 한 명이든 오십 명이든 무슨 상관이람. 그게 아니지…… 한 명이 오십 명이든 열 번째든. 내

가 무슨 소리를 하고 있는 거지?'

그녀는 중얼거리며 잠이 들었지만 곧 깼다. 하늘에서 뇌성벽력이 쳤기 때문이었다. 무서웠다. 약간은 외로웠다.

잠이 오지 않아서 그녀는 침대 옆 테이블을 손으로 더듬었다. 차가운 노트북이 만져졌다. 곧이어 어두운 방에서 빛을 발하는 윈도 로고가 노트북 화면 안에서 켜졌다.

비밀번호는 열려라 참깨. 그리고 마우스를 두 번 클릭했다. 폴더가 열렸다. 연인들의 폴더였다. 그들과 함께했던 사진과 이메일, SNS 메시지 기록 등이 저장된 추억상자였다. 그 사람의 성격은 그 사람의 인생이라고 들었지만 그녀의 인생 기록들을 보면 '그때그때 달라요.'라는 말이 맞았다. 연인들과의 기록은 모두 장르가 달랐다. 어느 해의 여름은 호러 스릴러였고 어느 해의 겨울은 따스한 감성 멜로였다. 상대방에 따라 달랐다. 자신의 모습도 상대에 따라 조금씩 달라졌다. 그때그때마다. 그러니까 인생은 퓨전이라고 늘은 생각했다.

A부터 Z까지 차례차례 열었다. 타임머신을 연 것처럼 그녀는 그 시간 속으로 들어가 그때의 생생한 향과 느낌을 만지듯이 느꼈다. 행복하기도 하고 짜증도 나고 닭살 돋기도 하고 속이 안 좋기도 했던 시간들이 열렸다.

잘 가. 그녀는 속으로 말했다. 바스락. 바스락. 연인들의 사진들과 메시지들이 휴지통으로 들어가며 소리를 냈다. 모두 사라졌다. 안녕. 그녀는 다시 말했지만 그 말이 그들에게 들릴 리는 없었다. 그럴 이유도 없었다. 한 달 후면 Z와 결혼할 것이라는 것도 그들은 모를 것이었다. 이미 헤어진, 실패한 연인들이었기 때문이었다. 그들의 반응이 궁금하긴 했지만 그녀가 일일이 연락해서 그 반응을 보지 않는 한 그들의 반응은 상상 속에서나 가능했다. 그들은 영원히 그녀의 기억 속에만 남아 다른 우주에 살 거였다.

사라진 것은 폴더 하나였지만 그녀는 위가 빈 것 같이 헛헛한 느낌이 들었다. 위잉거리는 컴퓨터의 소리가 공허한 방 안을 울렸다.

그녀는 조금 침울해졌다. 나쁜 일들은 오해나 타이밍에서 비롯된 것이 많았다. 지금 알고 있는 걸 그때 알았다면 서로의 관계는 달라졌을 수도 있었다. 서로에 대한 오해가 사랑을 만들었지만 또 오해가 사랑을 끝내게 했으니까.

늘은 불 꺼진 창밖을 쳐다보았다. 비가 내리는지 물안개가 희뿌옇게 올라왔다. 혼란스러웠다. 오늘이 수요일인지 목요일인지 헷갈리는 날처럼, 헤어진 지 오랜 시간이 지나자 그들과 각각 어떻게 헤어진 것인지 잊었다. 예전의 연인들이란 그녀에게 개봉이 취소된 영화처럼 씁쓸한 그녀만의 영화였다. 새드 엔딩. 좋은 추억들이지만 왜 한결같이 새드 엔딩으로 끝났는지. 왜 헤어졌는지 지금 생각해 보면 필연보다는 우연 같았다. 그녀는 로미오와 줄리엣처럼 자신과 그들을 하늘에서 갈라놓고자 수를 쓴 것처럼 부당하게 느껴졌다. 편지 폴더에는 메시지들이 워드 파일에 복사되어 남아 있었다. 사진 폴더보다 더 생생했다. 그녀는 지금이라도 사랑에 빠진 그 기분을 느낄 수 있었다. 시간은 주로 나쁜 기억들은 없애고 좋은 기억만 남겨 놓는 법이니까 그들은 영원히 아름답게 기억될 것이고 비록 서로 엇갈려서 이루어지지는 못했지만 사랑은 영원히 살아있는 느낌이 들었다.

늘은 다시 사진파일 위에 커서를 댔다. '복구'라는 명령 앞에서 불이 깜박깜박했다. '복구'라는 명령을 내리자 아무 일도 없었다는 듯이 사진들은 다시 폴더로 돌아왔다. 그 때 갑자기 새로운 이메일이 하나 올라왔다.

오 늘 님, 유크로니아랜드 러브 모노레일 무료 탑승을 축하드립니다.

뭔가에 당첨되다니. 감동이었다. 러브 모노레일이 뭔지는 모르겠지만 자신의 인생에 당첨이라니. 늘은 재빨리 초대권을 다운받았다. 연인들이라면 한 번은 꼭 가게 되는 놀이공원인 유크로니아랜드. Z와는 한 번 가본 적이 있었다. 일 년 전 그때만 해도 그녀는 Z가 그녀를 정말로 사랑하는 걸 느낄 수 있었다. 매일 만나고, 매일 사랑한다고 고백하던 시절. 가슴이 두근거렸다. 정체된 둘 사이가 상큼하게 변할 계기가 될 것 같은 느낌이 들었다.

* * *

"여긴 한 번 와봤잖아."

Z가 툴툴거렸다. 놀이공원에 간다는 그녀의 말을 건성으로 듣고 검은 슈트를 챙겨 입고 와서 좀 더운 참이었다. 서른이 다 돼 가는데 아직도 애들처럼 놀이공원에 오다니. 좀 짜증이 났다.

수도권 끝자락에 위치한 거대한 규모의 유크로니아랜드 안의 엇사이 공원은 십만 평방미터 정도의 크기였다. 공원 천장은 돔으로

막혀 있었다. 인공 하늘을 만들어서 밤낮과 계절을 자유자재로 연출하기 위해서였다. 공원 초입은 동굴같이 보였다. 길게 늘어선 꽃담 가운데 인동덩굴로 만든 아치형 동굴이 바로 엇사이 공원으로 이어지는 문이었다. 늘과 Z는 고개를 내밀고 그 안을 들여다보았다. 계단 아래 한참 너머에 겨울 숲이 아스라했다.

"춥지 않을까?"

그녀는 그렇게 말했지만 사실은 '괴물이 나오지 않을까?'였다. 늘은 Z의 손을 잡고 걸어 내려갔다. 십 미터 간격으로 봄, 여름, 가을, 겨울이 바뀌었다. 계절뿐 아니라 걸어가다 보면 하루의 시간대도 달랐다. 가로등만 드문드문 선 밤을 지나 노을이 지는 오후였다가 한낮이 되었다.

늘은 겨울 나뭇가지 위에 쌓인 눈을 떼어 조그만 눈 공을 만들었다. 연못은 하얗게 얼어 있었다. 화살표를 따라 연못 위를 걸었다. 미끌미끌. 하이힐이 얼음에 미끌거렸다. 다행히 얼음 연못 다음은 가을 단풍 길이었다. 길들은 미로처럼 서로 엇갈려 있어서 머릿속의 기억들처럼 두서없이 존재했다. 사계절로 갈라진 길 중 어느 곳을 통해 걸어도 결국 원천호수에 닿았고 어느 길로 가도 다른 길과 엮이게 되어 있었다. 꿈꾸듯 걷다 보니 어느새 바로 눈앞에 러브 모노레일 정류장으로 가는 계단이 보였다.

정류장 바로 아래에는 큰 소나무가 서 있었다. 삼백 년이라는 나무의 나이가 자랑스럽게 푯말에 적혀 있었다. 엇갈린 사이들도 다시 이어진다는 소원의 돌무덤도 보였다. 늘은 돌 하나를 주워 맨 위에 올렸다. 어디서부터 Z와 엇갈렸는지 기억해 보려고 했지만 기억이

나지 않았다. 두 달 전에 그와 함께 본 영화를 그가 재미없다고 한 때부터였는지 헤어스타일을 망치고 데이트에 나간 그날부터였는지. Z는 예전 같지 않았다. 이 느낌이 뭔지 그녀는 알았다. 연인들의 마음이 엇갈리는 순간이었다.

'엇갈린 제 사랑을 이어주세요.'

늘은 눈을 감고 기도한 뒤 돌을 얹었다. 장난을 하듯 킥킥댔지만 마음 한구석 진지했다.

늘은 Z와 함께 모노레일 정류장으로 향하는 계단을 올라갔다. 몇 걸음 더 가자 표지판 한 줄이 읽혔다.

러브 모노레일, 엇갈린 연인이들 나만는 노모레일.

바로 아랫줄은 글씨체가 더 작았다.

뒤에서 갈엇린 연은인 뒤으쪽로 타시오.

자세히 보니 '뒤쪽으로'라는 말이 '뒤으쪽로'라고 쓰여 있었다. 이 게 무슨 소리야. 그녀는 두 걸음 더 다가섰다.

에앞서 엇갈린 연은인 앞으로 타시오.

이것도 말이 안 됐다. 그 아랫줄을 읽기 위해서 그녀는 표지판에 눈을 바짝 갖다 대었다.

표지판이 무슨 계약서도 아닐 텐데 다음 줄은 7폰트 정도로 깨알 같이 글씨가 인쇄되어 있었다.

옆에서 갈엇린 사람은 옆로으 타시오.

그게 끝이었다. 그녀는 처음부터 다시 읽었다.

뒤죽박죽인 글이 다음과 같이 또렷이 읽혔다. '러브 모노레일. 엇 갈린 연인들이 만나는 모노레일. 뒤에서 엇갈린 연인들은 뒤쪽으로 가시오. 앞에서 엇갈린 사람은 앞으로 타시오.' 뒤죽박죽으로 써도 잘 읽히다니 글씨를 한 자씩 순서대로 쓸 필요가 없잖아, 라고 생각 하며 늘은 정류장에 서서 주위를 내려다보았다.

계절과 밤낮의 다양함이 정류장을 중심으로 해서 둘러쌌다. 한 번에 모든 계절을 눈앞에 볼 수 있다는 뜻은 온갖 다양한 식물들과 꽃들, 과일, 밤낮이 한꺼번에 펼쳐진다는 뜻이었다. Z는 어젯밤도 야 근이어서 그런지 아니면 데이트 자체가 지루해서인지 벌써부터 하 품을 시작하고 있었다.

"초대권을 보여주십시오."

어디선가 울긋불긋한 하와이언 셔츠를 입은 남자가 나타났다. 셔 츠 안의 팔 근육이 심상치 않았다. 머리에 쓴 시계가 그려진 우스꽝 스런 모자만 아니었다면 조직폭력배의 주요 멤버로 보일 남자였다. 늘은 잘못 한 일도 없는데 괜히 가슴이 두근거리는 걸 느꼈다. Z가 그녀의 손을 꽉 쥐었다.

"예. 맞군요. 러브 모노레일에 탑승하게 되신 걸 환영합니다. 반짝

반짝."

초대권을 확인한 뒤 시계모자는 환하게 웃으며 두 손을 흔들었다. 애교가 가득한 미소에 늘 Z는 멍해졌다.

"탑승시간은 삼십 분입니다. 러브 모노레일에서 원하는 사랑과 이어지시길 바랍니다."

어느새 미소가 사라진 험악한 무표정으로 시계모자가 말했다.

빨간 모노레일이 그들 앞에 멈춰 섰다. 열차 안에는 아무도 없었다.

"같이 타시게요?"

시계모자가 그들과 함께 올라타자 Z가 물었다.

"전 안내원이니까요."

말투는 정말 공손했다. 그래서 더 무서웠다. 천천히 걸어가듯 움직이는 모노레일의 차창 밖을 통해 보는 바깥풍경이 조금 변한 것 같아 늘은 기분이 이상했다. 무언가 달라졌는데 딱히 뭐라고 꼬집을 만한 달라진 점은 없었다. 잠시 후 그녀는 깨달았다. 햇살이었다. 봄꽃으로 흐드러졌는데 햇살은 난데없이 가을 햇살이었다. 봄에 가을이 끼어든 거였다.

봄 햇살은 사진 보정 작업을 뽀얗게 한 느낌을 주어서 동화 같은 느낌을 준다면 가을햇살은 가슴이 시리게 투명했다. 마치 죽기 전에 사랑하는 이를 마지막으로 기억하기 위해 보는 사람의 시선이었다. 시리지만 담담하고 매우 맑았다. 엇사이 공원에서 십 미터마다 바뀌는 계절이 러브 모노레일 안에서는 사계절이 섞인 경험을 하게 했다. Z는 사람들이 없는 다른 칸들을 돌아다니며 구경 중이었다.

"'당신의 첫사랑 역'에 잠시 정차하겠습니다."

무슨 역? 그녀는 얼어붙어 버렸다. 멈춘 모노레일에 A가 올라타고 있었기 때문이었다.

"너. 키가 좀 큰 것 같다."

십 년 만에 A가 처음 건넨 말이었다. A는 유원지에서 그녀랑 놀던 그대로 열다섯 소년처럼 보였다. 고수머리에 마르고 콧잔등엔 여드름이 핀.

"키만 큰 게 아니라 다른 많은 것도 바뀌었어. 모르겠어?"

예전과 다름없는 상남자 A의 무심함에 그녀는 자기도 모르게 흥분했다. A는 그녀가 기습적으로 첫 뽀뽀를 했을 때도 무심했다.

"화내지 마. 너 화내니까 꼭 우리 엄마 같다."

A는 입을 삐죽거렸다.

"너희 엄마라니. 그 정도는 아니야. 잘 보라고."

"보여. 눈가랑 입가에 주름이 일곱 개나 있어. 도대체 화장실에서 뭔 짓을 한 거야. 여자들이란."

A가 말했다.

"무슨 소리야. 입가에 주름이라니. 내 나이에 말도 안 돼."

늘은 호흡을 가다듬었다.

"입가랑 눈가에는 주름, 주름, 주름이 무럭무럭 자라고. 그리고 치마로 왜 갈아입은 거야. 불편하게."

A가 노래 부르듯이 말하다가 갑자기 멈췄다.

"늘! 내려서 저거 타러 가자."

A는 손가락으로 어딘가를 가리키고 있었다. 차창 밖으로 멀리 산

처럼 솟아 있는 철재구조물이 보였다. 다음에 놀러 오면 롤러코스터를 타자고 했지만 기회가 없었다. 이런 식으로 놀았다. 돌아가는 회전목마. 맞아. 이런 느낌이었다. 엄마 없이 항상 혼자 놀던 늘은 밝은 A을 통해서 사람에 대한 신뢰를 배웠다. A와 있는 동안은 세상은 밝고 맑고 깨끗했다. 왜 그렇게 오랫동안 꿈에서도 보지 않을 정도로 A를 잊어버렸을까. 그해 겨울에 A가 죽어버려서였을까.

늘은 십 년 전에 죽은 첫사랑을 멍하니 바라보았다. 자신은 아무래도 결혼 스트레스와 수면제 남용 때문에 환각을 보는 게 분명하다고 생각하면서.

"아는 꼬마야?"

다른 칸을 구경하다가 온 Z가 물었다.

"저 애가 보여?"

늘이 Z에게 되물었다.

"이 아저씨는 누구야?"

A도 늘에게 물었다.

"잠깐만 생각 좀 하고."

늘은 빠른 말투로 내뱉고 나서 A가 손에 들고 온 스트로베리 스무디를 뺏어서 들이켰다. 목이 탔다. 그리고 맛도 없었다. 십 년 전 바로 그 불량 스무디 맛 그대로였다.

"더럽게."

A는 그녀의 손에서 스무디를 뺏은 뒤 그녀가 입을 댄 빨대를 어떡할까 고민하는 표정을 했다.

"이게 어떻게 된 일인지 아시나요?"

A와 Z과 서로를 노려보고 있는 가운데 늘이 안내원에게 물었다. 아까부터 팔짱을 낀 채 즐겁게 이 상황을 지켜보고 있는 모습이 왠지 관음증 환자 같았다.

"글쎄요. 놀라시긴 아직 이른데. 흠. 고객님은 참 많이도 엇갈린 분이시더군요. 요즘 사람들이 뭐 다 그렇긴 하겠지만."

안내원은 그녀를 피곤한 표정으로 쳐다보더니 어깨를 으쓱했다.

"'당신의 엇갈린 사랑들 역'에 정차하겠습니다."

모노레일이 다시 멈췄다. 그녀의 어깨에 팔을 두른 Z는 앞, 뒷문을 통해 찌질한 남자 생물들이 몰려들고 있다는 것을 인지했다. 모두 열두 명. 멍한 표정들이었는데 자기가 어디 있는지 모르겠다는 듯 주위를 살피고 있었다.

늘은 심장이 빨리 뛰기 시작하는 걸 느꼈다. 혹시 눈의 오류가 아닐까. 그녀는 눈을 오랫동안 감았다가 떠보았다. 모두 사라지지 않았다. 열 시 방향에 D가 보였다. 깜박. 열한 시 방향에는 G. 아홉 시 방향에는 회색 라이더재킷을 입은 I가 후광을 빛내며 다가왔다. 두 시와 네 시 방향에서 다가오는 사람들은 누군지 알 수 없었다. 한 명은 검은 재킷을 입은 날씬한 남자였고 늘을 뚫어지게 바라보며 다가오는 다른 한 명의 남자는 처음에는 어디선가 봤다고 생각했지만 다시 생각해 보니 맹세코 처음 보는 사람이었다. 그의 눈빛은 깊고 서늘해서 심장이 차가워지는 기분이었다.

늘은 눈만 깜박거렸다. 차가운 스무디 종이컵이 남긴 축축함이 그녀 손에 머물렀다.

과거의 연인들은 그녀가 사랑하던 때의 그대로 모습이었다. 그녀는 스무 살 때부터 전문 피부 재생 화장품을 칠 년 동안이나 썼는데도 불구하고 하루하루 노화하고 있는데 말이다.

"모두 환영합니다. 당신의 엇갈린 사랑을 곧바로 이어드리는 러브 모노레일입니다. 반짝반짝!"

뜬금없이 밝은 목소리가 실내를 울렸다. 시계 모자 안내원이 양손을 흔들자 다섯 개의 손가락이 별처럼 반짝거렸다.

"이 사람들 다 누구야?"

Z은 그녀의 어깨를 두른 팔에 힘을 주었다.

당신은 누구세요? 넌 뭐야? 아저씬 뭐예요? 후더퍽아유?

근육질, 블론드, 교복, 안경 등 다양한 남자들이 서로 통성명을 하고 있었다. 그들은 늘을 한가운데 두고 둥그렇게 늘어섰다. 열 명의 남자들. 그녀의 알파벳맨들. Z를 종착역으로 찍기 전까지 거쳤던 연인들이었다. 나머지 두 명은 처음 보는 사람들이다. 한 명은 모자를 깊이 눌러서 얼굴이 보이지 않았고 다른 한 명은 학생이었다.

혹시나 그들 사이에 싸움이라도 시작될까 두려워서 늘은 용기를 내서 말했다.

"다들 오랜만……이네. 저 곧 결혼해요. 이 분과."

늘은 반말과 존댓말을 섞어가며 이 상황을 모면해 보려고 노력했다.

"말도 안 되는 거짓말 하지 마."

얼굴이 시뻘게지다 못해서 땀까지 흐르기 시작한 D가 그녀에게 다가와 팔을 잡아챘다.

그녀는 뒤로 한걸음 물러났다.

사랑 이야기에는 오해가 나온다. 사랑하고 있는 두 연인이 서로의 진심을 오해하는 장면은 웃기기도 하고 슬플 때도 있고 답답할 때도 있다. 정확히 늘의 기분이 그랬다. 웃기고 슬프고 답답했다. 오해를 어떻게 풀어줘야 하는지 걱정됐다. 그녀는 그들을 사랑하지 않았다. 예전에는 사랑했지만 엇갈렸고 지금은 헤어진 연인들이었다. 왜 그들이 여기 나타났는지 이해할 수가 없었다.

"여긴 엇갈린 사랑을 이어주는 러브 모노레일이니까요. 엇갈린 사랑들 중에 한 명을 빨리 고르시는 게 좋을 거예요. 십 분 있으면 엇사이 공원을 세 번 돌고 종착역에 도착하니까요."

마치 그녀의 생각을 읽기라도 한 듯 안내원이 다가와 늘의 귀에 속삭였다.

"넌 나를 사랑하는 게 틀림없어. 왜 아니라고 하는 거지? 나야. 나. 뭔가 헷갈리는 거 아냐? 하긴 넌 머리가 좀 나쁘니까."

D가 소리 질렀다. 그녀는 난처했다. 갑자기 물으니 모든 게 헷갈렸다. 그때는 칠 년 전이었고 어쨌든 지금과는 조금 다른 세계였다. D와 그녀는 헤어질 수 없는 막강 커플이었다. 그 모든 것은 그가 오백 일 기념일을 하루 남기고 그녀와 싸운 뒤 유학을 선택하며 끝나버리기 이전의 얘기에 불과했다. 그때의 그녀는 지금과는 조금 다른 버전의 그녀였다. 그 세계와 현재를 갑자기 이으려니 뇌에 과부하가 걸렸다.

"우린 영원히 사랑하기로 했잖아?"

D가 그녀에게 따졌다. 늘은 좀 어이없다는 생각이 들었다. 동시에 왠지 슬프기도 했다. 동화는 이미 끝났다. 백설공주와 결혼을 약속한 왕자는 계부를 죽이고 사라졌고 잠자는 숲 속의 공주의 왕자는

공주를 깨워준 후에 자신이 기억상실증에 걸려 잠들어 버렸다. 이미 Z와 시작한 새 동화가 시작된 지금 헌 동화는 영원히 행복하게 사라져야 하는 것이다.

"네가 날 먼저 잊었잖아. 그래서 충격으로 내가⋯⋯"

그녀는 D에게 말하다가 잠시 숨을 골라 쉬었다. 예전 기억을 되살리니까 마음이 아파졌기 때문이었다. 그를 마주 보고 팔짱을 끼었다. 예전에 막막하기만 했던 그의 태도가 새록새록 기억이 났다. D가 다가와서 그녀의 어깨를 잡았다.

"무슨 소리야. 내가 널 잊을 리가 없어. 우린 사귄 지 한 달밖에 안 됐다고."

그의 손이 그녀의 어깨에 닿자 그녀는 자신의 옷이 칠 년 전의 대학시절로 바뀐 것을 느꼈다. 유학가기 전의 그의 시간대. 만약 저 손을 잡고 가면 모든 걸 새로 시작할 수 있을 것 같다는 생각이 들었다. 가업인 탄탄한 중소기업을 실질적으로 물려받을 D와의 새로운 시작. 서로 어떤 오해가 생길지 겪어봤기 때문에 피해갈 수도 있었다.

"어떻게 나한테 이러지?"

J의 목소리가 들리는 순간 다른 세계가 펼쳐졌다. 그의 목소리는 늘 음악 같았다. 보통 때는 클래식 기타처럼 운치 있게 멜로디를 타면서 말하다가 그녀가 슬프거나 우울할 때는 천사가 키는 하프같이 화음을 넣었다. 노래 아닌 말로도 상대를 취하게 했다. 어린아이처럼 분해서 울고 있는 D를 위로하듯 옆 좌석에 앉아 있는 예의 바른 J.

J가 아름답게 앉아 있는 것만으로 주위는 파스텔화처럼 평화로워

졌다. 그녀가 알던 배려 깊은 J의 모습이었다. 그 모습에 속으면 안 됐다. 늘은 고개를 저었다.

"J, 넌 나보고 결혼해서 창녀처럼 살지 말고 수녀원에 가서 평생 살라고 했어. 그리고 넌 어차피 나중에 신부가 될 거잖아."

늘은 J를 마주 보고 팔짱을 끼었다. 예전에 막막하기만 했던 그의 태도가 새록새록 기억이 났다. 자신과 만나고 나서 신부의 길을 택한 그에게 책망을 하고 싶었지만 지금 와서는 다 소용없는 과거에 불과했다.

"난 불교신자인데도 말이야."

늘은 더 하고 싶은 말이 있었지만 참았다.

창녀라니. J는 자신이 그런 고상하지 못한 단어를 썼다는 사실이 있을 수 없다는 표정을 지었다. 그녀가 사랑했던 만능 스포츠맨에 영재였던 엄친아 그대로였다. 늘의 눈이 그리움에 젖었다.

Z가 떨리는 그녀의 어깨를 잡고 앞으로 나섰다.

"아시다시피 우린 결혼할 사이예요. 제 약혼자가 혹시 당신들을 어장관리 했다면 죄송하게 생각하고요."

Z의 냉소적인 어조가 마음에 안 들었는지 온유한 성격의 R까지 표정이 안 좋아졌다. 이런 식으로는 갈등이 끝나는 게 아니라 싸움이 시작되는 거였다.

"결혼한다고. 왜 그렇게 빨리?"

J가 그녀에게 물었다.

"스물일곱이면 아주 빠른 건 아니야."

그녀가 말했다.

"넌 열일곱 살이잖아?"

B가 그녀에게 물었다.

"지금은 2016년이야."

그녀가 말했다.

"그건 7년 뒤잖아."

G가 말했다.

"2년 뒤잖아."

J가 말했다.

"10년 전이네요."

고등학교 교복을 입은 한 학생이 말했다.

"……이건 내 시간인 것 같아. 모두 내 시간에 맞춰 있는 거야. 나와 사랑에 빠진 시간."

늘이 말했다. 이성으로는 어째서 이런 일이 벌어졌는지 설명 불가였지만 느낌으로 알았다. 그들은 모두 처음 사랑에 빠졌을 때의 간절한 눈빛을 하고 있었다.

어지러웠다. 찻잔기구를 타고 빙빙 도는 느낌이었다. 그들은 그녀를 사랑하고 있었다. 옛날 그대로. 현재형으로. 있을 수 없는 일이었다. *지구가 둥글어서 그런 걸까.* 늘은 생각했다. 아빠는 해피엔딩을 믿었다. 그가 그녀의 이름을 '늘'이라고 지은 것은 항상, 늘, 언제나 한결같은 사랑을 받으며 현재진행형으로 늘 행복하라는 뜻이었다.

"러브 모노레일은 삼분 뒤 종착역에 도착합니다. 그동안 엇갈린 사랑을 신속히 이어주시길 바랍니다."

안내원의 시큰둥한 목소리가 실내를 울렸다.

"엇갈린 사랑이라니. 도대체 무슨 소리예요?"

과학소설 마니아인 H가 안내원에게 물었다.

"고객님과 사랑을 이뤄 이 모노레일에서 나가면 당신이 왔던 시간 대로 돌아갈 수 있습니다. 사은품으로 삼 등 당첨 로또복권도 함께 요. 사랑이 이뤄지지 않으면 그냥 자신의 시간대로 혼자 돌아가시면 되는 거죠. 솔로 만세!"

안내원이 또 애교를 떨며 두 손을 흔들었다. H는 웃지 않았다. 그 때 모노레일 안에 있는 사람들은 차창 밖으로 뭔가를 보았다. 검고 하얗고 빙글거리는 점들이었다.

"아. 신경 쓰지 마세요. 은하수예요. 잠깐 대기권 밖으로 나왔네 요. 시간여행 중에는 공간 비틀림이 있어서요. 곧 다시 돌아갈 거예 요."

안내원이 설명했다. 모노레일 안의 남자들은 충격에 빠져서 차창 밖을 보다가 다시 그녀를 보았다.

"다 거짓말이야. 이거 무슨 몰래카메라 같은 거지? 뭐가 어떻게 됐 든 우린 영원히 사랑하기로 했잖아. 그런데 내 이름도 기억 못 해?"

C가 울음 섞인 코맹맹이 소리로 늘에게 따졌다. Z는 C가 무릎을 안고 훌쩍대는 모습을 보고 할 말을 잃었다.

"C. 네가 날 찼거든. 그것도 내가 교통사고로 병원에 몇 개월 동안 입원했을 때."

늘이 억울하다는 듯 말했다.

"난 네가 무슨 얘기 하는지 모르겠어. 점이라도 보고 온 거야? 그 건 미래잖아. 어떻게 될지 모르는. 난 지금 너랑 사귄 지 한 달밖에 안 됐다고. 난 어떡해. 어떻게 널 잊어버려. 넌 내 세상의 전부인데……"

울먹이던 C는 과장되게 의자에 팔을 묻고 기대 울었다. 옆에 앉아 있던 D가 그의 어깨를 두들겨주더니 Z를 보며 말했다.

"아저씨 여기 진정제 없어요? 얘가 좀 필요할 것 같네요."

Z는 기가 막혀서 울보 C를 보다가 약을 달라는 D를 한번 보고 다시 늘을 노려보았다. 이 모든 일의 원흉인 그녀는 한가운데서 이마에 식은땀을 흘리고 있었다.

H가 상황 정리를 하고 있었다.

"그러니까…… 이게 사실이라면. 우리가 지금 타임리프를 해서 잠깐 시간의 소용돌이 한가운데 온 거라면. 정리가 좀 필요하네요. 제가 내년에 군대를 가게 되는 사이 늘이 고무신을 거꾸로 신게 되고…… 하지만 D랑 사귄 건 군대 가기 전이죠? 맞죠?"

스포츠컷을 한 남학생 D가 고개를 끄덕였다.

"그럼 뭐야 양다리였던 거야?"

타임리프 따위는 믿지 않는 C는 자기가 왜 흥분하는지도 모르고 흥분했다.

"좋아. 내가 정리해 줄게…… B, C, D, F, G, H, I, J!"

늘은 B부터 J에게 말했다.

"B. 넌 이민 갔고. G. 넌 다른 여자친구 생겼다고 날 버렸어. 그래 맞아 네가 날 찬 거야. 축하해."

좌중이 G를 쳐다보았다. G는 그럴 리 없다며 손을 저었다. 늘은 정리를 계속했다.

"E. 넌 내가 모텔에 같이 안 가준다고 연락 끊었어. 이 나쁜 놈아! 그리고 F, G, H, I. 너네들은 다 결혼하든지 독신이든지 잘 살고 있거든."

늘은 눈만 깜박이고 있는 A가 쥐고 있는 맛없는 스무디를 뺏어서 끝까지 비웠다.

"그리고 A. 넌 제발 중학교 2학년 가을에 체험학습 가지 마. 버스 사고로 죽는다고. 알았어?"

늘의 말에 A는 고개를 끄덕였다. 그녀가 뭐라고 말하든 수긍해야 될 분위기였다.

"늘, 네가 무슨 콘셉트로 이런 몰래카메라를 하는지는 모르겠는데. 난 미래에 이민 같은 건 안 갈 거라고. 차라리 내가 싫다고 인정해. 나도 너 접을 테니까."

C가 울먹거렸다. D가 이제 좀 그만 울라고 팔꿈치로 쳤기 때문에 둘은 싸움이 붙었다. 싸우는 알파벳맨 두 명을 구석으로 몰아넣고 나자 나머지 알파벳맨들은 그만 머쓱해져서 할 말을 잃었다.

"왜 늘을 괴롭혀? 너희들 이러고도 이 아이를 사랑한다고 할 수 있는 거니?"

F가 말했다.

"그래? 너는 내 행복을 그렇게나 바라서 일 년 동안이나 내 스토킹를 하면서 내 남자친구들에게 몰래 폭력을 쓰고 협박전화를 했니. 일 년 동안 남자친구가 세 명이나 바뀐 건 다 네 탓이야."

늘이 말했다.

"미래에 일어날지 안 일어날지 모르는 일까지 왜 내가 책임져야 하는 거야? 그리고 넌 아직도 날 사랑하잖아. 난 알 수 있어.”

F의 말에 늘은 얼굴을 찡그렸다. 한 가지 확실한 것은 모여 있는 모든 남자들이 늘과 사랑에 빠져 있는 상태라는 것이었다. 사랑 싸움은 쉽사리 끝나는 게 아니었다.

“늘. 이리 와봐. 나랑 얘기 좀 해.”

Z가 말했다. 늘은 Z의 차가운 태도에 가슴이 철렁했다. 자기도 모르게 미소를 지으며 뒷걸음질을 치는데 Z가 그녀의 팔목을 세게 잡아 끌어당겼다.

“아파.”

늘이 말했지만 Z는 안중에 없는지 그녀를 노려보았다. 서슬이 퍼런 Z의 모습에 잠시 모두 조용해졌다.

그때 구석에 서 있던 누군가가 Z의 앞으로 걸어 나왔다.

“가만히 있으려고 했는데 정말 웃기네요.”

교복을 입은 학생이 Z를 보며 웃었다.

“전 그녀의 연인 폴더를 알아요. 전 십 년 후에서 왔어요. 아줌마와는 인터넷에서 알게 되었죠. 처음엔 저보다 어린 줄 알았거든요. 너무 철이 없어서. 어쨌든 그게 중요한 게 아니고. 전 아줌마를 아껴요. 그게 사랑이라면 사랑이겠죠. 어쨌든 아줌마는 제게 숨기는 게 없어요. 모든 것을 다 털어놓았죠. 그러니까 저는 이 사람들 모두를 다 안다고 할 수 있죠. 남편이 신혼 때부터 바람 펴서 결국 이혼했다고 눈물콧물 다 짜던 게 일주일 전이죠. 네. 바로 당신 얘기예요.”

황당해하는 Z를 보고 소년이 말했다.

“미래 얘기잖아. 아직 오지도 않은 미래. 바뀔 수 있는 미래.”

Z가 화를 냈다.

"그래 옳은 소리 했네. 당신이 미래라고 하는 것도 사실 변할 수 있는 거죠. 그럼. 늘은 나와 잘 될 수도 있는 거죠."

H가 말했다. 그러자 다른 알파벳맨들이 동조하며 끼어들었다.

"중요한 건 늘의 마음이겠죠. 그녀가 지금 누굴 사랑하는지만 밝히면 끝나는 얘기니까."

Z는 이제야 좋은 답변을 생각해 냈다는 듯 안심을 하며 늘을 보았다. 하지만 그녀의 표정을 보는 순간 그의 안색이 변했다.

"아. 나는 그러니까. 내가 사랑하는 사람은……"

"왜 그래?"

Z가 묻자 늘은 약간 주저했다. 그녀와 시선을 맞추려고 노력했지만 늘의 눈동자는 심하게 흔들렸다.

그녀는 햄버거와 구두와 볼펜을 동시에 구매하라는 명령을 들은 것처럼 우왕좌왕하고 있었다.

"이럴 때면 당신이 정말 지긋지긋해."

Z가 한숨을 쉬었다.

"뭐라고?"

"지긋지긋하다고. 이 모든 게. 내가 월요일부터 금요일까지 내내 야근하는 거 알잖아. 결혼하려고 돈 모으는 것도 알고. 그런데 당신은 사랑 타령만 해."

Z는 그렇게 말하며 속이 시원해지는 것을 느꼈다. 일 년 동안 사귀었고 때가 되어 결혼하려고 했고 그녀의 모든 면을 사랑하려고 노력했다. 맞춰가려던 참이었는데 자신이 없어졌다. Z는 처음으로 깨

달았다. 어쩌면 자신은 그녀를 사랑하지 않는지도 몰랐다.

"사랑하니까 사랑 타령을 하는 거지. 여기 있는 사람들 다 갖다 줘도 필요 없을 만큼 당신을 사랑해. 당신이 미래에 바람을 피운다고 해도 난 놓지 못할 것 같아."

늘이 훌쩍이기 시작했다. Z는 안타까운 마음이 들어 늘의 어깨에 손을 올리려고 했다.

"종착역에 도착합니다. 엇갈린 사랑들은 모두 하차하여 주시기 바랍니다."

안내방송과 함께 모두의 시선이 늘에게 향했다. 울먹이던 그녀의 얼굴에 갑자기 환한 미소가 번지고 있었기 때문이었다. 정말로 행복한 미소였다. 모자를 깊이 눌러쓴 남자에게 다가가는 그녀를 보는 동안 안내원의 닦달을 받으며 알파벳맨들은 모노레일에서 하차했다.

모노레일 안에 혼자 남은 Z는 자신의 손이 희미해지는 것이 보였다. 손에서 팔뚝까지 그리고 다리와 몸통이 희미해지기 시작했다.

"어떻게 된⋯⋯"

Z는 소리를 질렀다. 자신의 목소리가 점점 작아지더니 들리지 않았다.

Z가 사라지자 모노레일 안에는 단 한 명의 남자가 남았다. 깊이 눌러쓴 모자를 벗자 남자의 얼굴이 드러났다. 일 년 전, 늘과 처음 사랑에 빠졌던 시기의 Z였다.

"설레. 유크로니아랜드는 처음이라서."

Z가 늘을 끌어당겨 안았다. 자기도 모르게 잠시 울먹이던 늘은 뭔가 주위의 공기가 달라진 느낌이 들어 눈을 떠서 주위를 살펴보

왔다.

　바뀐 건 아무것도 없었다. 둘은 삼백 살인 소나무 아래에 서 있었다. 엇갈린 사이의 연인들을 다시 이어준다는 소원의 돌무덤도 그대로였다.

　빨간 기차모형이 돌무덤 위에 놓여 있는 게 이상하게 눈에 띄었다.

　"귀엽네. 누가 놓고 갔나봐."

　늘은 기차모형을 들어보았다. 러브 모노레일이라는 글씨가 새겨져 있었다. 차 창 안으로 검은 슈트를 입은 남자인형이 보였다.

　"안에 사람도 있네? 디테일이 정말. 진짜 살아있는 것 같아."

　그녀는 잠시 멍하니 인형을 바라보았다.

　"천천히 구경해. 난 하루 종일 너만 바라보고 있어도 충분하니까."

　Z가 따스하게 말하자 늘은 기차모형을 내려놓았다. 그는 처음 사랑에 빠졌을 때의 간절한 눈빛을 하고 있었다. 뇌는 아드레날린을 마구 내뿜고 심장은 뛰고 손에는 땀이 나고 온갖 금단현상에 시달리는 특별한 눈빛. 빈틈없이 행복했다. 늘은 이 순간이 영원했으면 했다. 아빠의 말이 기억났다. 영원히 너를 아끼고 사랑해 줄 사람을 찾도록. 영원히. 아빠는 분명히 그렇게 말했었다.

　"왜 그래?"

　Z는 늘이 조금 휘청거리자 깜짝 놀라서 물었다.

　"뭔가 어지러워서. 이런 장면 꿈에서 꿔본 것 같아. 아주 많이."

　"기시감이겠지. 별거 아냐. 뇌가 신호를 여러 번 반복해서 받는 증후라던데. 다이어트 한다고 그러지 말고 좀 잘 먹고 다니라고."

　Z가 그녀의 머리칼을 장난스럽게 흐트러뜨렸다.

늘과 Z가 미처 보지 못했지만 소나무 아래에는 오래된 빨간 기차 모형들이 이리저리 뒹굴고 있었다. 그 안에는 검은 슈트를 입은 Z를 닮은 남자가 한 명씩 들어 있었다. 표정은 다 달랐다. 억울한 표정. 화난 표정. 슬픈 표정. 단념한 표정.

그날 밤. 늘은 꿈꾸지 않고 편안한 잠에 들었다. 내일은 Z와 영화를 보러가기로 했다. 일주일에 두 번 데이트하는 건 시간상 어려웠지만 Z는 승진도 미뤄둔 채 그녀에게 매달리는 중이었다. 그녀를 붙잡는 게 더 먼저였기 때문이었다.

늘은 잠이 들기 전 아주 잠깐 동안 Z가 내일도 오늘과 한 치도 변함없이 자신을 사랑할지 어떨지 걱정해야 하는 현실을 조금 버거워했지만 곧 잠이 들었다.

해피엔딩을 마무리하기 위해서는 왕자가 필요했다. 단 한 명. 그녀는 이제 그 사람을 찾았다. Z에 대한 사랑은 확고했다. 그러므로 그녀는 행복할 것이었다. 그녀에게 주어진 이름처럼. 오늘과 같이 늘. 영원히.

그날의 꿈

제1회 우수상 수상작

전형적이고 관습적인 소재가 짧은 분량 안에서 의외성 강한 사건으로 전개되는 흥미로움이 존재했다. —조원희(영화감독)

죽은 연인에 대한 안타까움과, 사회적 재난을 음모론으로 바라보려는 한국사회의 불안감이 결합되면서 시간여행의 경험이 공포 스릴러로까지 확장되는 시도가 흥미로웠다. —김용언(출판 컬럼리스트)

4시 3분.

민호는 허겁지겁 지하철 입구에서 계단을 뛰어내렸다. 오늘따라 유달리 시간이 짧았다. 아니, 지금껏 시간이 여유로웠던 적이 한 번이라도 있었던가. 눈물이 흐릿하게 시야를 가리는 통에 미처 피하지 못한 짧은 미니스커트의 여자가 그와 부딪혀 계단을 굴렀다.

"미안합니다!"

민호는 여자를 돌아보지도 못한 채 무작정 달려 내렸다. 미안하긴 했지만 다른 데 팔 정신이 없었다. 어차피 소용없는 일 아닌가? 사람들이 그를 미친놈 보듯 쳐다보았고 또 일부는 놀라 길을 비켰다. 하지만 길은 언제나처럼 부산하게 막혀 있었다. 앞도 보지 않고 저들끼리 얘기를 나누는 사람들도, 혼자 이어폰을 꽂고 주변에 반쯤 관심을 끊어버린 사람들도, 오로지 핸드폰만 보고 길을 걷는 사람들도 너무 많았다. 그냥 사람이 너무 많았다. 쓸데없이.

민호는 눈물로 범벅이 된 채 사람들 사이를 헤쳐갔다. 코너를 돌고, 달리고, 또 달렸다.

선아의 전화기는 여전히 꺼져 있었다. 망할! 대체 뭘 하고 있는 거야! 민호가 울부짖었다. 4시 6분. 또 몇 명의 사람들과 부딪히고 더 많은 사람들을 아슬아슬하게 피해 달렸다. 결국 대학생 또래의 남자와 부딪히며 다리가 꼬여 넘어졌다. 민호는 자리에서 일어나지도 않은 채 얼굴을 감싸 쥐고 흐느꼈다. 도저히 닿을 수가 없었다.

"안 돼. 제발……, 안 돼……."

4시 8분.

쾅! 그리 멀지 않은 곳에서 폭발 소리가 들려왔다. 땅이 흔들리는 미세한 진동이 그의 배를 훑고 지나가고

민호는 식은땀을 잔뜩 흘리며 비명을 지르듯 잠에서 깨어났다.

살려주세요. 살려주세요. 전기 배선이 녹아내리는 냄새, 철과 플라스틱이 타들어가는 냄새. 그리고 억울하게 갇힌 수많은 사람들의 살 타는 냄새와 그를 괴롭히는 선아의 목소리.

익숙한 천장과 잡동사니들에 둘러싸인 민호는 밤마다 그를 집어삼키는 2인용 침대에 앉아 있었다. 그는 지끈거리는 머리를 누르며 다시금 자리에 누워 눈을 감았다. 하루가 멀다 하고 찾아오는 지긋지긋한 악몽이었다. 오늘은 그나마 시작이 이르지 않아 비교적 짧았던 편이었다.

선아를 잃은 지 3년이 넘게 지났건만 악몽은 여전히 자리에 남아 밤마다 그를 괴롭혔다. 기다렸다는 듯 찾아오는 불청객이었고, 너무도 생생한 모습으로 매일 한 번씩, 조금 뜸하면 사흘에 한 번 찾아오는 끔찍한 친구였다. 정신과를 찾아가 치료도 받고 약도 먹고 일부러 밤을 새보기도 했지만 소용없었다.

선아가 죽은 뒤로 꿈은 한결같았다. 빌어먹을 지하철 화재가 터진 날이었다. 민호는 밤마다 원치 않게 그날을 되풀이했다. 열차는 거짓말처럼 숯덩이가 되었고 많은 사람이 죽었다. 열차 속에 있던 사람은 전멸했다고 봐도 무방했고 유독가스를 품은 연기가 사람들을 질식시켜 열차 밖에서도 수많은 사람이 죽어 나갔다. 워낙 사람이 많은 곳이라 피해가 더 심각했다. 갑작스런 화재와 폭발. 뭔가 미심쩍은 부분이 많은 사건이었지만, 가장 중요한 건 그날따라 선아가 회사를 일찍 나와 하필 바로 '그 열차'에 타고 있었다는 거였다.

민호는 사고 당시 회사에 있었다. 화재 소식을 처음 접했을 때 그는 그저 조금 안타까워하고 남들의 눈치를 보며 약간의 동정을 표했을 뿐이었다. 뉴스를 보고 사람들의 입을 통해 수많은 이야기를 듣는 동안도 그랬다. 그때까지는 그저 다른 사람들의 이야기였다. 선아 어머님의 전화를 받고 나서야 민호는 넋을 놓고 자리에 주저앉았다.

맞다. 선아는 하루 앞둔 엄마의 생신을 맞아 선물을 사러 갈 거라 말했었다. 사고가 난 역은 잠실이었고 그때도 지금도 백화점이 붙어 있었다. 같이 가자고 얘기했었는데……. 민호는 단순히 쇼핑이 싫어서 일 핑계를 대고 제안을 거절했었다. 후회가 밀려왔다. 같이 간다고 했다면, 선아는 살아있었을지도 몰랐다.

그 이야기를 선아 어머님께 전해드릴 순 없었다. 오열하는 선아의 가족을 보며 그는 가만히 고개를 떨구었다. 이미 어머님은 딸의 죽음으로 잿더미처럼 까만 슬픔에 얼룩져 있었다.

시계를 보니 슬슬 일어날 시간이었다. 때마침 알람이 울렸고 민호는 자리를 털고 일어나 화장실로 걸어갔다. 온몸이 쑤시고 의욕도 없었으나 살기 위해선 회사에 나가야 했다.

면도를 하고, 옷을 입고. 어제와 똑같이 집을 나서면서 집 안 곳곳에 남아 있는 선아의 기억을 마주했다. 곳곳에 그녀의 체취가 남아 있었다. 작은 원룸엔 분홍색 칫솔이 아직도 세면대에 꽂혀 있고, 함께 쓰던 머그컵도, 장롱 속 그녀의 옷가지 몇 벌도, 함께 보던 TV도 여전히 그 자리에 있었다. 핸드폰에도 그녀와 나눈 메시지와 추억을 담은 사진들이 지워지지 못한 채 그대로였다. 눈여겨보자면 한도 끝도 없었다. 그리고 언제였던가. 삐걱거리던 민호의 작은 침대를 버리고 둘이 돈을 모아 장만했던 이인용 침대. 여전히 그녀의 온기가 남아 있을 것만 같은 침대도 그대로 남아 밤마다 민호를 옭아맸다.

탁상 위 비스듬히 놓인 액자에선 선아가 민호를 껴안고 행복하게 웃고 있었다. 유럽에 배낭여행을 갔던 때였다. 저도 모르게 선아의 얼굴을 바라보던 민호는 씁쓸하게 얼굴을 쓸어내리며 시선을 돌렸다.

둘은 7년을 사귀어온 사이었다. 대학교 기타 동아리에서 만난 선후배로, 교제가 시작된 이후 선아는 늘 동아리에 가입하던 날 기타를 치던 그의 모습이 너무 멋졌다고 얘기하곤 했었다. 그러면 민호도 그녀가 새내기로 처음 들어와 수줍게 인사할 때부터, 찰랑거리는 긴 머리와 수줍은 얼굴이 마음에 들었다고 대답했다. 둘은 말 그대로 천생연분이었다. 양가 부모님을 만나 인사를 드렸고 결혼도 약속한 사이였다. 그날 선아가 불타지만 않았더라면, 그들은 지금쯤 신혼여행 중이거나 한 자녀의 부모가 되어 있을지도 몰랐다.

민호는 선아가 그리웠다. 선아의 목소리, 머리카락, 아름다운 몸매, 살결, 체취, 그리고 그를 위해 만들어진 것만 같았던 그녀의 혀와 보드라운 젖가슴이 사무치게 그리웠다. 악몽을 꾸고 난 날이면 빈자리가 더욱 절실하게 다가왔다. 꿈 때문에 그녀를 더 잊을 수 없었다. 민호는 선아가 사라진 뒤에야 자신이 그녀를 얼마나 사랑했는지 깨달았다.

하필 사고 당시의 둘은 유난히 많이 싸웠다. 사소한 일들이 큰 싸움이 되기도 했는데 너무 오래 사귄 탓일 수도 있고, 종종 지나가는 권태기였을 수도 있었다. 선아가 그렇게 떠나버릴 거라곤 생각지도 못했었다. 민호는 선아가 죽기 전 그녀를 소원하게 대했던 자신이, 마지막 기억을 사랑스럽게 남겨주지 못한 자신이 한없이 원망스러웠다.

어쨌건 선아는 이제 옆에 없었다. 아예 세상에 없었다. 그녀와 투닥거리던 일도 좋은 일도 모두 사라졌다. 대신 꿈이 남았다. 민호는 가만히 자신의 집을 바라보다 이내 한숨을 내고 터덜터덜 집을 나섰다.

꿈속의 민호는 대체로 둘 중 하나였다. 울며불며 미친 듯 사고현장으로 달려가거나, 어차피 안 될 것을 미리 알고 모든 것을 내려놓은 채 시체처럼 걸어 다니는 것. 그날 밤의 꿈은 딱 두 번째의 경우였다.

3시 41분. 사고까지는 28분여가 남았지만 거리를 생각하면 턱도 없는 시간이었다. 민호는 아무 의욕도 없이 죽은 좀비처럼 느릿느릿 걸어 다녔다. 그 외에는 목적도 할 것도 없기에 항상 잠실로 향하기야 하지만, 아무리 발버둥쳐도 소용없음이 확실한 꿈에선 차라리 느리게 움직이는 것이 그의 버릇이었다. 무작정 급히 달리는 것보단 좀 더 제정신으로 꿈을 꾸는 경우였다. 그는 서울역에 있었다.

민호는 그날 분명 회사에 있었음에도 꿈은 대체로 회사가 아닌 다른 곳에서 시작되었다. 가끔은 회사를 배경으로, 심지어 일하고 있는 자신의 모습을 본 적도 몇 번이야 있었지만 그런 경우는 손에 꼽을 정도였다. 그때마다 민호는 자기 자신과 마주치지 않기 위해 회사를 빠져나오느라 정신이 없었는데, 왜 그렇게 도망치는지 그 스스로도 알 수가 없었다.

어쨌거나 꿈은 주로 사고가 나는 잠실역 안이라거나, 지하철 입구, 사고현장과 한두 정거장 떨어진 비교적 가까운 지점에서 시작되었다. 물론 지금처럼 거리가 더 벌어질 때도 있었고, 시간도 들쑥날쑥해서 어느 날은 사고가 일어나기 바로 직전이나 10분 전에, 어떤 날은 아예 한 시간 전에 꿈이 시작될 때도 있었다. 문제는 시간이 아무리 많아도 사고현장에 도착하지도 선아를 구해내지도 못한다는 거였다. 무슨 운명의 장난인지 시간이 많이 주어질수록 사고 현장과의 거리도 멀어져서, 그는 꿈속에서조차 선아를 한 번도 볼 수가 없었다.

한걸음. 한걸음. 선아와의 추억들, 사소하게 시작했던 말다툼들, 곧 불타 없어질 열차. 수만 가지 생각들이 멍한 민호의 머릿속을 기어 다녔다.

주변에 너무 무심했던 탓일까. 그가 발을 헛디뎌 계단에서 굴러 떨어진 것은 정말 한순간이었다. 계단 첫머리에서, 전혀 무방비하게 넘어진 민호는 한참을 굴러 바닥에 엎어졌다. 스스로도 모르게 신음이 새어나왔는데, 무엇보다 무릎이 저릿하고 뜨거운 것이 정신이 아찔했다. 찢어진 오른쪽 바지 사이로 무릎 아랫부분이 바지보다 참혹하게 터져 있는 게 보였다. 계단에 제대로 찍혀버린 것 같았다. 무릎은 그제야 왈칵 피를 쏟아내기 시작했다.

'재수가 없으려니……'

민호는 아예 자리에 드러누워 얼굴을 쓸어내렸다. 도리어 얼굴에도 피가 묻고 손바닥이 찌릿한 것이 큰 화를 입은 게 무릎만은 아닌 것 같았다.

꼼짝도 할 수 없었다. 꿈속에서야 늘 온 사방에 치이며 뛰어다니다 보니 넘어지는 것쯤이야 흔한 일이었지만 오늘은 상태가 더 좋지 않은 것 같았다. 그래. 차라리 잘된 일인지도 몰랐다. 어차피 이번 꿈에선 무슨 짓을 해도 선아의 지옥 열차에 닿을 수가 없었다.

피투성이의 민호를 보곤 사람들이 놀라 몰려들었다. 피에 젖어 든 바지는 점점 뜨겁고 무거워졌다. 온몸이 쑤시고 마음이 아팠다. 모든 게 귀찮고 의미가 없었다. 어차피 다 꿈이었다. 그는 맥없이 도움의 손길들을 뿌리치곤 흐느껴 울었다.

그러곤 꿈속의 손목시계가 4시 8분이 되자 꿈이 끝나 버렸다.

꿈은 슬픔과 좌절보다는 막막한 상실감을 남기고 사라졌다. 꿈속에서 그는 언제나 무력했다. 현실에서와 마찬가지로. 민호는 뭔가 빠져나가 버린 듯 휑한 가슴을 누르며 천천히 자리에서 일어났다.

씻고, 구두를 신고, 문을 나섰다. 어제와 같은 하루였다.

'아마 내일도 이 모양 이 꼴이겠지.'

민호가 막연히 한숨을 쉬었다. 맞는 말이었다. 적어도 그가 담배를 사기 위해 편의점에 들르기 전까지, 지갑을 꺼내기 전까지는 그랬다.

지갑을 꺼내 든 그의 손바닥에는 여태껏 본 적 없는 커다란 흉터가 자리 잡고 있었다. 아랫부분이 깊고 넓게 패였다가 아문 듯 보기 흉한 상처였다. 그는 세상이 하얗게 변해 버려 멍청이처럼 손바닥을 내려다보았다. 시간이 얼마나 지났을까?

"저기요?"

편의점 계산원이 의심과 불만이 뒤섞인 표정으로 그를 불렀다.

오 이런. 민호는 황급히 값을 지불하고 편의점을 빠져나왔다.

'이게 뭐지? 대체 왜?'

민호는 자리에 박힌 듯 꼼짝할 수가 없었다. 손바닥을 다친 기억이 전혀 없었다. 아주 어릴 적부터 손을 이렇게 크게 다친 적은 단한 번도 없었다. 아니, 애초에 이런 흉터는 바로 어제까지만 해도 본적이 없었다.

굳이 손을 다친 기억을 떠올려 본다면…….

설마.

민호는 저도 모르게 피식 웃었다. 꿈에서? 그럴 리가 없었다.

그렇다면 언제? 어디서 다친 거지?

그는 건물 사이의 구석으로 들어가 담배에 불을 붙였다. 손바닥에 고정된 시선을 거둘 수가 없었다. 찝찝한 바람이 불어와 담배를 더 빠르게 불태우는 바람에 민호는 절반 이상 남은 담배를 발로 비벼 꺼버리고 도망치듯 차 안으로 돌아왔다. 회사로 가는 내내 핸들에 닿는 손바닥의 감각이 그를 괴롭혔다.

뭔가 섬뜩한 것을 놓쳐버린 느낌이었다. 민호는 빨간불에 걸려 사거리에 멈춰 섰다. 신호가 유난히 긴 탓에 생각이 꼬리를 물고 복잡하게 늘어졌다. 문득 떠오른 생각에 등에 식은땀이 솟아났다.

어젯밤 꿈에서 제일 심하게 다친 곳은 손이 아니었다.

오 젠장. 갑작스레 브레이크를 밟고 있는 오른쪽 다리가 평소 같지 않았다.

'기분 탓이겠지.'

민호는 조심스럽게 무릎을 움직여 보았다. 평소랑 별 다를 바 없었다. 그럼 그렇지. 그는 안도감에 조심스럽게 핸들을 잡아 쥐었다. 하지만 주위를 살피는 눈은 여전히 불안해 보였다. 뭔가 놓친 게 있었다. 한 번 신경 쓰이기 시작하자 확실히 확인치 않고는 못 배길 것 같았다.

민호는 설마 하는 마음으로 무릎에 손을 가져다 대었다. 더듬어 볼 필요도 없었다.

흉터가 있었다.

그것도 굉장히 큰, 바로 어제까지만 해도 없었던 흉터가…….

이게 무얼 의미하는가?

어느새 신호가 바뀌었는지 뒤에서 클랙슨이 요란하게 귀를 때렸다.

그날 밤 민호는 흉터를 만져보고 또 몸을 뒤척이느라 쉽게 잠들지 못했다. 여러 가설들이 그의 머리를 난잡하게 뒤섞었다. 하지만 결국엔 어김없이 잠이 찾아왔다. 아마 이른 새벽쯤이었다.

강변역에 서 있었다. 아니, 달리고 있었다. 정신을 차릴 새도 없이 무작정 달려가는 꿈이었다.

민호는 허둥지둥 지갑을 꺼내 통째로 개찰구에 들이밀었다. 시간이 아슬아슬했다. 열차가 그보다 빨리 도착해 있었다. 저 열차만 탈 수 있다면 제시간에 잠실에 도착할 수 있을 것 같았다.

그는 아무와도 부딪히지 않고 멀리뛰기 선수처럼 몇 단씩 계단을 뛰어내렸다. 열차는 바로 코앞에 있었다.

그러나 문은 단 1초도 기다려주지 않고 약 올리듯 그를 버려둔 채 닫혀버렸다. 부숴버릴 기세로 문을 두들겼지만 열차는 꿈쩍도 않고 떠나갔다. 민호는 광기에 싸여 주저앉아 흐느꼈다. 다음 열차를 기다리는 것 외엔 아무것도 할 수 없었다. 다음 열차가 도착하자마자 민호는 제일 먼저 안으로 뛰어들었지만, 그날 꿈에도 선아를 구할 수는 없었다.

그리고 깨어났다. 빌어먹을 침대가 그를 끌어안고 있었다. 매일 보는 천장이 그를 조롱하듯 머물러 있고, 침대 옆 탁상에 놓인 선아의 얼굴은 그를 슬프게 비웃는 것 같았다.

그런데…… 어라?

흉터가 보이지 않았다. 그는 이것조차 꿈인가 싶어 세차게 자기 볼을 때려도 보고 핸드폰을 열어 날짜도 확인했다. 하루 종일 흉터에 시달리는 꿈을 꾼 것은 분명 아니었다. 게다가 그의 꿈은 단 한 종류이지 않은가?

민호는 벌떡 일어나 홀린 듯 인터넷에 접속했다. 그러곤 자신의 카드 사용 내역을 조회하기 시작했다. 이젠 흉터 대신, 선아가 죽은 그날 카드에서 교통비가 빠져나간 기록이 남아 있었다.

"그러면 과거로 돌아갔을 때의 느낌은 어떤가요? 좋은 쪽인가요?"

민호에게 수많은 우울증약과 수면제를 처방해 준 의사였다. 여태 민호의 얘기를 군소리 없이 들어주던 그였지만 오늘은 꿈이 아닌 '과거' 이야기를 꺼내서인지 눈빛이 조금 달라 보였다. 언제나와 마찬가지로 차분하고 평온한 목소리지만, 나날이 증세가 심각해지는 환자를 보는 그런 걱정스러운 눈빛이었다.

"지금 여기서 얘기하는 것과 다를 것이 없어요." 민호가 대답했다. "아주 생생해요. 지난 꿈들보다 요즘이 꿈속에서의 정신도 더 또렷하고요."

"그렇다면 상처를 입었을 때 고통도 굉장히 사실적이었겠군요?"

"그렇죠."

"민호 씨." 의사가 천천히, 그리고 부드럽게 말했다. "꿈속에서의 상징들은 많은 걸 의미해요. 민호 씨는 아직도 그날 때문에 스스로를 자학하고 있는 걸지도 몰라요. 이쯤에서 놓아주세요. 민호 씨는 할 만큼 하셨어요. 사실 민호 씨가 잘못 한 일이 아니었고요. 아시잖아요? 선아라는 분도 민호 씨가 본인 때문에 이렇게 힘들어하길 원하시진 않을 거예요."

민호가 원하는 대답은 이런 게 아니었다.

"믿기 힘드시다는 건 알지만 제가 말하는 건 꿈이 아니라, 꿈 이후의 일이에요. 바로 어제까지만 해도 손과 무릎에 흉터가 있었습니다. 정말이에요."

민호가 재차 강조했다. 사실 거의 똑같은 문답이 조금씩 틀어져서 몇 차례 반복 되고 있었다.

"정말 확실한가요?"

"예. 정말, 맹세코 확실해요."

"음, 그건……." 의사가 고민 끝에 말을 골랐다. "여러 의미로 좋지 않군요. 민호 씨가 제게 찾아온다는 것은 스스로에게……."

"문제가 있다고 생각해서죠."

민호가 눈치껏 얼른 대답했다.

"맞아요. 사실, 제가 보기엔 그 문제가 조금 더 심각해지고 있어요. 민호 씨도 무의식중엔 그걸 알고 있기에 절 찾아와 이런저런 얘기를 하시는 걸 테고요. 이런 경우엔." 의사가 민호의 표정을 살피며 잠시 뜸을 들였다. 그가 조심스럽게 다시 말했다. "조금이라도 빠른 치료와 안정이 중요합니다. 조금 더 집중적인 치료를 받아보는 건 어떨까요? 민호 씨는 강한 사람이니까 분명 이겨낼 수 있을 겁니다."

부드럽게 이야기하고 있지만, 의사는 그가 점점 더 미쳐가고 있다고 생각하는 걸까. 민호가 원했던 말은 이런 게 아니었다.

'그럼 어떤 대답을 원하는 거지?'

민호는 그제야 뒤통수를 맞은 것처럼 눈을 껌뻑였다. 원하는 대답은 이런 곳에서 구할 수 있는 게 아니었다. 그는 자신이 미치지 않았다는 확신을, 자신이 정말 과거를 바꿀 수 있다는 확신을 원하고 있었다.

여기에서 그런 대답을 구하겠다고? 아니야. 민호는 자신의 머리가 혼란스러운 건 분명하지만 그 정도로 미치지는 않았다고 생각했다.

"그건…… 고민을 좀 해보겠습니다. 감사합니다."

민호는 딱 그렇게만 말하곤 일어나 상담실을 빠져나왔다.

의사가 그를 불렀지만 그는 대꾸조차 하지 않은 채 빠르게 병원을 빠져나왔다. 약을 받아 갈 필요도 없었다. 그는 미치지 않았고, 더 이상 꿈이 두렵지 않았다. 꿈은 이제 피하고 싶은 악몽이 아니라 선아를 되돌릴 수 있는 기회의 문이었다.

만약 상처가 있는 채로 병원을 찾았다면 의사의 반응이 조금은 달랐을까? 글쎄. 아마 민호의 생각이 맞다면 의사는 그 상처들이 예전부터 있었다고 말하지 않았을까? 이건 애초에 남에게 도움을 구할 수도, 확인을 받을 수도 없는 문제인지도 몰랐다.

하지만 스스로를 납득시키기 위해서라도 확실한 증거는 여전히 필요했다. 좋은 생각이 떠올랐다. 그는 또 다른 의사를 찾아가는 대신 사고에 관한 뉴스기사들을 조사했고, 원하는 정보를 어렵지 않게 찾을 수 있었다. 이제 확인하는 일만 남아 있었다.

그날 밤도 어김없이 꿈을 꾸었다. 화재 장소와 그리 멀지 않은 장소였고 시간은 13분이 주어졌다. 조금만 서두르면 가능성이 있을 것만 같았다. 하지만 민호는 어쩐 일인지 정신이 또렷했고 헐레벌떡 뛰고 있지도 않았다. 머릿속에 당장 선아를 구해내는 것보다 더 중요한 일이 있었다. 그는 호기심과 또 다른 절박함에 이끌려 편의점으로 걸어갔다. 그러곤 하루 종일 눈이 빠져라 들여다보던 번호를 찍어 복권을 구매했다. 3. 7. 13. 19. 29. 31. 민호는 복권을 반듯하게 반으로 접어 재킷 안쪽 주머니에 집어넣었다.

절대로, 아무 곳에서나 우연히 구할 수는 없는 것.
정말 과거를 바꿀 수 있다면, 과연 내일 아침 무언가가 달라져 있을까?

날이 밝자 민호는 튕겨나는 용수철처럼 침대에서 일어났다. 어쩌면 아예 재킷 안에서 3년 전의 1등 복권을 확인할 수 있을지도 모른다는 생각에서였다. 하지만 그는 한달음에 옷장으로 달려가려다가, 비명을 지르다시피 침대에 다시 주저앉았다.

너무 단순한 생각이었다. 그렇게 힘들게 확인할 것도 없이 집이 아예 달라져 있었다. 선아와의 사진이 담긴 액자와 늘 그를 집어삼키는 침대를 제외하면, 집 안의 거의 모든 것이 비싸고 생소한 물건들로 바뀌어 있었다.

세상에.

민호는 재빨리 핸드폰으로 해당 회차의 로또 당첨 정보를 찾아보았다. 번호 아래 뉴스 페이지에선 '고액의 단독 당첨자'에 관한 기사가 보였다. 그 당첨자는 보나마나 자신이었다. 바로 어제까지만 해도 당첨자가 없어 당첨금을 이월했다던 회차였다.

감당키 힘든 희열에 손이 부들부들 떨려왔다. 돈 때문은 아니었다.

그는 과거를 바꿀 수 있었다.

비록 '그날'부터 어제까지, 뒤바뀐 과거 속에서 자신이 어떻게 살아왔는지는 하나도 알 수 없다 할지라도…….

민호는 올림픽대교 위에 서 있었다. 도시 냄새를 품은 강바람이 그를 빗겨갔다. 3시 59분. 주어진 시간은 9분 정도였다. 촉박한 시간이었지만 민호의 자신이 뭘 해야 할지 안다고 생각했고, 망설임 없이 전화기를 들었다.

"예, 송파경찰서……."

"급합니다. 열차를 멈춰주세요." 민호가 대답을 끊고 급하게 말했다. "곧 잠실역에서 지하철 화재가 발생할 겁니다."

"예?"

다리 위에 부는 바람 소리가 목소리를 떠밀어 갈라지게 만들었다. 아마 전화기 너머에서는 알아듣기 쉽지 않을지도 몰랐다.

"곧 잠실역에! 화재가 발생한다고요!"

민호가 소리쳤다.

"잠실역에 화재요?"

"예! 4시 8분에! 2052번 열차입니다! 빨리 막아야 합니다!"

"지금 화재가 났다고 신고를 하시는 게 아니라, 6분 뒤에 잠실역에 불이 날 거라고 하시는 건가요?"

"그렇다니까요! 2052번 열차에서 불이 시작될 거예요! 얼른 열차를 멈춰요!"

"실례지만 어디 사시는 누구시죠?"

경찰이 의심 가득한 목소리로 물었다. 시계를 보니 시간은 6분여조차 남지 않았다. 젠장할. 경찰이 당장 대응한다고 해도 열차가 멈추기는 할 수 있을까? 민호가 대답을 하지 않자 경찰이 다시 물었다.

"여보세요? 어떻게 불이 난다는 거죠? 화재 사실은 어떻게 알고 있는 겁니까?"

섣불렀다. 오늘은 막지 못한다. 이번에도 대답하지 않자 경찰이 으름장을 놓았다

"장난치지 마세요. 번호 추적부터 위치 추적까지 다 됩니다."

민호는 전화를 끊고 이마를 매만졌다. 빌어먹게도 시간이 부족했다.

과거를 바꿀 수 있다는 흥분에 너무 쉽게 생각한 건지도 몰랐다. 시계와 잠실방향을 번갈아 바라보았다. 올림픽 대로까지는 폭발도, 불길과 연기도 보이지 않았지만, 그는 꿈속 4시 8분에 늘 그렇듯 선아의 죽음을 느끼며 잠에서 깨어났다.

민호를 맞이한 것은 늘 보던 천장도 매일 밤 그를 붙잡던 침대도 아니었다. 등에서 딱딱한 돌바닥이 느껴졌다. 천장은 아무것도 칠해

지지 않은 콘크리트 덩어리였고, 그는 죄수복을 입고 있었다.

발치 아래에 육중한 철문이 그를 내려다보고 있었다. 머리 높이엔 창살이 달린 작은 구멍이 있고 아래쪽에는 식판 정도만 들어올 만한 더 작은 구멍이 달린 문이었다.

방은 아주 좁았다. 사람 둘이 누우면 여유 공간이 없을 정도로 좁은 공간에 머리 위쪽엔 작은 TV가 있는 곳이었다. TV 뒤에는 변기가 있는지 좋지 못한 냄새가 풍겼다. 상황 판단이 잘 되지 않았다. 민호는 온몸에 가려움을 느끼며 문으로 걸어갔다. 밖에 보이는 것은 마주한 밋밋한 콘크리트 복도뿐이었다.

"이봐요! 거기 누구 없어요? 이봐요! 이봐요!"

민호가 문밖으로 소리쳤다.

대답은 없었다. 민호가 몇 번 더 소리치자 누군가가 한껏 성질을 내며 고함을 질렀다. 아마도 다른 감방의 수감자인 것 같았다.

"야 이 미친 새끼야! 조용히 좀 해!"

민호는 잠깐 움찔했으나 개의치 않고 다시 사람을 찾았다. 곧 간수 하나가 짜증 가득한 얼굴로 그를 찾아왔다.

"이런 씨발. 뭐야? 뭐 때문에 또 지랄인데?"

"제가, 제가 왜 여기 있는 거죠?"

민호가 물었다.

간수는 별 미친놈을 다 보겠다는 표정으로 그를 바라봤다.

"너 이 새끼야. 어디서 들었는진 모르겠지만 대가리 병신인 척해서 형량 줄일 생각일랑 꿈도 꾸지 마라."

"아니에요. 그런 거 아닙니다. 제가 왜 여기 있는지만 알려주세요."

"들어가."

"제 죄명. 그것만 알려주십시오."

"들어가서 앉아!"

간수가 곤봉으로 철창을 내려치며 냅다 소리 질렀다.

민호는 깜짝 놀라 간수를 빤히 보다가 뒤로 들어가 자리에 앉았다. 간수를 더 화나게 하는 건 좋은 생각이 아닌 것 같았다. 간수는 그를 한참 노려보다가 민호가 초조한 눈빛으로 양손을 들어 보이자 자리를 떠났다. 그리고 얼마나 지났을까.

"병신 방화범 새끼!"

다른 감방의 누군가가 소리치고, 또 다른 감방의 사람들이 킬킬거렸다.

복도의 불이 꺼지자 어두운 밤이 찾아왔다. 시간이 얼마나 지났는지도 제대로 알 수 없었다. 방에 덜렁 있는 TV라곤 켜지지도 않아서 빛이라곤 복도를 흐릿하게 비추는 달빛만이 전부였다. 빛은 차갑게 뚫린 아래쪽 문구멍을 타고 딱 개미새끼만큼만 기어들었다.

민호는 차갑고 지저분한 바닥에 누워 보이지도 않는 천장을 응시했다. 생각해 보면 자신의 전화가 충분히 오해를 일으켰을 만하기는 했다. 그래도 방화범이라니. 정부는 그의 전화기를 추적해 누구의 핸드폰인지 알아냈을 테고……. 그리고…… 그리고……

아마도 오늘의 내가 아닌, 꿈속의 그날엔 회사에서 열심히 일을 하고 있었던 또 하나의 내가, 어제까지 이곳에서 고통을 받았을 것이다.

후회와 죄책감이 밀려드는 밤이었다.

잠이 들었나? 소란스러운 사람들의 말소리와 발소리가 들려왔다. 지하철역 안이었다.

그는 시계를 보고, 두리번거리며 이정표와 안내판을 찾았다.

4시 정각. 아니, 이제 1분. 삼성역.

그리고 계단 아래쪽에는 잠실로 향하는 열차가 들어오고 있었다.

민호는 등을 타고 흐르는 아찔한 예감에 무작정 계단 아래로 뛰어갔다. 내릴 사람은 이미 다 내렸는지 사람들이 열차 안으로 들어서고 있었다. 계단을 오르는 사람이 가득했다. 그는 거의 핀볼 구슬처럼 사람들과 부딪히며 떨어지듯 계단을 뛰어내렸다. 거의 마지막 계단에선 발이 접질려 정말로 굴러 떨어졌다. 이마에서 피가 나고 모서리에 팔을 찧었는지 짙은 통증이 전해졌다. 하지만 멈출 수는 없었다. 문이 닫히고 있었다. 그는 기다시피 일어나 발을 절뚝거리며 열차의 문으로 뛰어들었다.

문이 닫히다 그의 몸을 살짝 압박하고는 다시 열렸다.

민호는 열차 안으로 무너지듯 쓰러져 숨을 헐떡였다. 사람들이 슬금슬금 그를 피했지만 개의치 않았다. 이럴 수도 있었다니! 지난 수백 번의 경험을 통해 거의 본능적으로 알 수 있었다. 논리적으로도 알 수 있었다. 지금 삼성역을 출발하는 열차라면 4시 8분에 잠실역에 도착할 것이다. 그가 탄 열차가 불길에 휩싸일 바로 그 열차였다.

민호는 절뚝거리며 일어나 열차를 가로질렀다. 선아를 찾아야 했다. 그는 사람들을 비집고 헤쳐 다음 칸으로, 다음 칸으로 이동했다.

그리고 더 이상 문이 없었다. 마지막 칸에 다다를 때까지 선아를 찾을 수 없었다. 단순히 놓쳤을 수도 있었고 그가 온 반대 방향에 있는지도 몰랐다.

"선아야! 선아야!"

그는 이제 울상이 되어 사람들을 헤치며 반대쪽으로 내달렸다. 어떻게 찾아온 기회인데 이렇게 놓칠 수는 없었다.

"선아야!"

사람들의 수군거림 속에 기다리는 대답은 들려오지 않았다. 그때 저 앞에서 경악스럽게 그를 바라보는 익숙한 실루엣이 보였다.

"오빠?"

선아였다. 3년 만에야 만나 보는 그녀였다.

민호는 애처롭게 눈물을 쏟으며 그녀를 와락 껴안았다. 사람들의 시선이 둘에게 꽂혔다. 선아는 당황한 듯 민호를 살짝 밀어내며 놀라 그를 살폈다.

"왜 그래? 무슨 일이야 대체? 오빠 회사는? 꼴은 대체 왜 이래, 어쩌다 다친 거야?"

"너 전화기는 대체 왜 꺼져 있는 거야!"

민호가 울컥해 저도 모르게 소리쳤다.

"뭐?" 선아가 부끄러운 듯 주변을 살피며 그에게 속삭여 되물었다. "오빠 대체 왜 이래. 제발 조금만 조용히 하자. 응? 핸드폰은 배터리가 다 돼서……"

민호를 바라보는 선아의 눈빛이 굉장히 초조하고 불안해 보였다. 지금 상황이 당혹스러워서 그런 걸 수도 있겠지만, 민호는 그제야 사고 당시엔 선아와의 사이가 마냥 좋지 만은 않았다는 것이 문득 기억났다.

"그래, 그거야 아무렴." 민호가 한 손으론 선아의 팔목을 꽉 잡고, 다른 한 손으론 본인의 눈을 문지르며 중얼거렸다. "미친 소리 같다는 거 알지만 일단 여기서 내려야 해."

"갑자기 나타나선 무슨 소리야? 나 여기 있는 건 또 어떻게 알았고⋯⋯."

"일단 내리자. 말하자면 긴데⋯⋯."

안내 멘트가 흘러나왔다. '이번 내리실 역은 신천, 신천역입니다⋯⋯.'

온몸이 굳는 것 같았다. 여기서 기필코 내려야 했다. 다음역이 잠실이었다.

열차가 멈추고 문이 열렸다. 민호가 선아의 손을 끌어당겼지만 선아는 생각지도 않게 지지대를 반쯤 끌어안고 완강하게 버텼다. 그녀는 겁에 질린 것 같았다.

"오빠 대체 왜 그래! 나 다음 역에서 내릴 거야. 응? 한 정거장만 더 가면 돼. 내려도 다음 역에서 내리자."

"안 돼. 선아야 제발. 여기서 내려야 해!" 민호가 소리쳤다. 선아의 반응에 화가 머리 끝까지 치솟을 지경이었다. "곧 열차에 불이 날 거란 말이야! 여러분! 여러분도 여기서 내려야 해요!"

아예 대놓고 외쳤지만 사람들은 그를 경악스럽게 바라볼 뿐이었다. 애석하게도 신천역에 내리는 사람은 많지 않았다. 내릴 사람은 내리고, 타고 있을 사람은 계속 열차에 남았다. 스스로도 이성적으로 보이진 않을 거라는 걸 잘 알지만 그의 경고가 그저 미친놈의 헛소리쯤으로 들리는 모양이었다. 몇몇은 민호와 선아가 신기한 구경거리라도 되는 양 핸드폰을 들고 동영상을 찍기까지 했다. 민호가 강제로라도 선아를 끌어내리려는데 웬 덩치 큰 남자가 민호의 어깨를 잡아당겼다.

"이봐요. 당신 대체 뭐하는 사람입니까? 불이라니? 그리고 숙녀분이 싫다고 하잖습니까?"

"내가 뭐냐고요? 이 여자랑 결혼할 사람입니다!" 민호가 남자의 팔을 뿌리치며 폭발해 소리쳤다. "그러는 당신은 뭔데……."

그 순간 문이 닫혔다. 민호는 할 말을 잃고 문을 바라봤다. 그와 선아는 열차에 남았고, 열차는 잠실을 향해 달리기 시작했다.

"결혼할 사이라고요? 이 남자 말이 사실입니까?"

덩치가 선아에게 물었다.

"어……, 예, 맞아요. 일단 사귀는 사이이고……." 선아가 우물쭈물 대답했다. "죄송합니다. 죄송합니다."

그녀가 난처한 표정으로 사람들에게 사과했다. 그러곤 민호에게 다시 속삭였다.

"오빠. 신천에 무슨 볼일이라도 있던 거야? 뭐 할 말 있었던 건 아니지? 알잖아 나 엄마 선물 사러 나온 거야. 선물만 사고 다시 가자. 응? 일단 내려서 화장실 가서 피부터 좀 씻고……."

민호가 조용해지자 선아는 그제야 조금 안심한 듯 물티슈를 꺼내 민호의 이마를 닦아주었다. 계단에 들이받은 상처가 작지 않은지 피가 계속 떨어져 옷을 적시고 있었다. 바닥에도 핏방울 들이 꽤 많이 꽃을 피우고 있었다. 덩치는 그 모습을 보더니 잠시 멋쩍은 듯, 또는 별 이상한 사람들을 다 보겠다는 듯 불쾌하고 묘한 표정으로 서 있다가 민호에게 '거 공공장소에서는 소란 피우지 말고 조용히 좀 합시다.' 라고 툭 내뱉고 자리를 피했다.

망할 놈. 어차피 넌 이제 곧 새까맣게 불에 타 뒤질 거란다.

민호는 놈을 후려치고 싶은 걸 가까스로 참아냈다. 조금만 더 신중하고 차분했더라면 이 지경이 되진 않았을까. 아니다. 이렇게 피를 뚝뚝 흘리는 모습으론 어차피 비슷했을 것이다.

"무슨 일인지 얘기 좀 해봐. 불이라니?"

선아가 민망함과 걱정이 뒤섞인 눈으로 조심스레 물었다.

그 질문엔 굳이 대답할 필요가 없었다. 기다렸다는 듯 열차 곳곳에서 갑작스레 불이 솟아올랐다. 사람들은 금세 혼란에 빠졌고, 옷에 불이 붙은 사람들이 발악을 하며 뒹굴었다.

갑작스레?

서서히 번지는 불길이 아니었다. 동시다발적으로 튀어나온 불은 꼭 의자 밑에서 점화된 가스불 같았다. 누군가 열차를 구워먹기로 작정이라도 한 듯 불은 말 그대로 갑작스레 튀어나왔다.

민호는 최대한 선아를 보호하며 아직 불길이 닿지 않는 안쪽으로 이동했다. 잠실역에 도착하자마자 선아를 데리고 문밖으로 튀어나가야 했다. 누구보다 빠르게 문밖으로. 그것만이 살 길이었다. 모든 사람들이 그렇게 생각하고 있었다. 사람들이 비명을 지르고 지옥 같은 몇 십 초가 흘러갔다.

잠실에 도착했다. 하지만 열차는 가만히 멈춰 있을 뿐 문을 열지 않았다. 수많은 사람들이 문을 두들기며 소리를 질렀다. 창문을 깨려는 사람들도 있었으나 소용없었다. 역하고 매캐한 연기와 사람 타는 냄새가 열차 안에 고여 갔다.

민호는 창문을 통해 이상한 장면을 목격했다. 역 안의 사람들이 모두 쓰러져 있었다. 아니, 단 한 명, 저 멀리 있는 한 명을 빼고 모두 쓰러져 있었다.

연기가 사람들의 눈과 코를 공격했다. 기침과 오열이 사방에 가득했다. 민호는 선아를 꼭 끌어안는 것밖에는 할 수 있는 게 없었다. 선아는 어느새 눈물범벅이 되어 그에게 매달렸다.

"어떻게 된 거야! 응? 오빠! 이게 어떻게 된 거야!"

비교적 이성적인 몇 명이 비상밸브에 손을 뻗는 모습이 보였다.

그때 폭발이 일어났다.

그들이 서 있는 바로 옆이었다. 민호는 강하게 쏟아지는 불길을 막아 반사적으로 팔을 들었다. 그리고 잠에서 깨어났다.

민호를 맞이한 천장은 차가운 콘크리트가 아니었다. 탁상 위에는 선아와 그의 웃는 얼굴이 담겨 있었고 침대는 푹신하고 서글펐다. 선아를 구하지 못했다. 하지만 그는 집에 돌아와 있었다.

민호는 몸을 일으키려다 팔에서 오는 뒤틀린 감각에 몸서리를 쳤다. 팔이 오그라드는 것처럼 땅기고 욱신거렸다. 못 버틸 만큼 심한 건 아니었지만 익숙하지도 않은 불쾌함이었다. 적어도 이전에 생각하던 팔은 아니었다. 붉으락푸르락 쭈글거리게 변한 화상 자국이 살갗에 잔뜩 덮여 있었다.

민호가 끙 하고 앓는 소리를 냈다. 그는 부디 이 화상 자국도 영원하지 않기를, 그의 집처럼 다음번 꿈이 지나가면 팔도 원래대로 돌아와 있기를 기도했다.

시계를 보니 11시가 넘은 시각이었다. 민호는 그대로 다시 침대에 파묻혀 그나마 멀쩡한 왼손으로 얼굴을 쓸어내렸다. 어쩐 일인지 회사에 가야 한다는 생각은 들지 않았다. 어쩌면 이 쭈글거리는 팔 때문에 회사를 그만뒀는지도 몰랐다.

욱신거리는 팔이 도저히 적응되지 않아 한참이 지나서야 일어나 앉았다. 방은 평소와 달리 무척 지저분했다. 제대로 치우지도 않았는지 컵라면 용기와 담배꽁초가 방 곳곳에 가득했고, 한쪽 벽에는 그가, 기억나지 않는 지난 세월 안의 그가 붙여놓은 신문 스크랩과 프린트된 기사들이 덕지덕지 자리하고 있었다.

민호는 습관적으로 컴퓨터의 전원을 누르고 부팅을 기다리는 동안 '자신'이 모은 벽면의 자료들을 눈대중으로 훑어보았다. 처음엔 그럴 생각이었다. 홀린 듯 글을 읽어 내리는 그는 컴퓨터가 다 켜지고 대기화면으로 넘어가도록 벽에서 눈을 뗄 수가 없었다.

벽에는 지하철 참사와 관련된 색다른 자료들과 사고가 난 후 근 2주일간에 몰아서 일어난 수많은 사건들이 담겨 있었다.

민호는 팔의 어색함도 잊고 눈을 꿈뻑였다. 자료나 기사 하나하나가 믿기지 않아서였다.

눈이 바쁘게 돌아갔다. 민호는 그중 굵직한 몇 가지를 추려냈다.

우선 기관사에 대한 이야기가 눈에 띄었다. 지하철 2052 열차의 기존 기관사는 사고 전날 휴가를 떠났다는 거였다. 대리로 기관사를 맡은 양모 씨(37)는 사고 당일 첫 부임한 계약직이었는데, 그전까지 어떤 일을 하던 사람이었는지. 하물며 열차 운행과 관련된 일을 하기는 했었는지조차 알려진 바가 없었다. 계약직이 단독으로 기관사 대행을 할 수 있도록 법이 개정된 것 또한 고작 사고 일주일 전이었다. 정부는 사고 직후, '그 사고'를 명분으로 '그 개정'을 바로 번복시켜버렸다. 물론 승객의 대부분이 사망한 화재 속에서도 대리 기관사 양모 씨는 유유히 살아남았다.

벌써 뭔가 이상하지 않은가? 이런 것도 있었다.

사고 열차는 1주일 전 안전 검사를 받았고 일부 칸은 아예 변경 조치되었다.

열차 탑승객 중 살아남은 생존자는 약 39명. 하지만 십여 명 이상의 목격자들은 2052 열차가 도착하기 전부터, 생존자라 주장하는 그들이 잠실역 바깥쪽에 있었다고 진술했다.

언론이 사망자와 유가족에 대한 애도를, 인터뷰를, 생존자의 진술과 가짜 생존자의 가짜 진술을, 사건의 전말에 대한 추측기사와 말도 안 되는 시뮬레이션을, 연기가 피어오르는 사고현장을 몇 주 동안이나 중개하는 사이. 정부는 노인복지 기금을 대폭 줄이고, 의료보험료와 개인 항공관세를 대폭 늘렸으며, 철도 민영화를 통과시켰다. 각종 비리로 잡혀온 대기업의 인사들은 '나라의 난국을 맞아 자칫 불안해질 수 있는 기업의 경영'을 다독이도록 특수 사면되었다.

공중파나 대형 신문사에서는 이런 보도를 내보내지도 않았으니, 당시 국민들의 눈은 온통 잠실역과 이름 모를 방화범, 울부짖는 유가족들에게 돌아갈 뿐이었다. 생각해 보면 민호도 마찬가지였다. 다른 곳에 눈 돌릴 여유 같은 건 조금도 남아 있지 않았었다.

벽면 가득한 구린내 나는 기사들의 출처는 소규모 신문사나 깨어 있는 사람들이 만든 진상 확인 사설단체가 주를 이뤘다. 종종 위키리스크나 개인조사에 의한 것도 있었다. 대형 언론들이 보도한 뉴스라곤…… 세계 각국의 정계인사들이 한국을 방문했다는 정도가 다인 듯했다. 그만한 일까지 아예 묻어버릴 순 없었던 걸까. 하지만 언론들은 그 바쁘고 짱짱한 사람들이 단지 사고를 당한 한국에 조의를 표하러 왔다고 발표했다. 그마저도 아주 조용하고 짤막하게, 자극적이고 극단적인 보도와 길고 슬픈 인터뷰들 사이에 지나가는 10여 초 정도로만. 최대한 대수롭지 않도록 사람들의 관심을 받지도 기억하는 사람도 별로 없도록 잠시만 화면을 비췄다.

그들은 한국에서 사흘을 머물렀다. 누구보다도 바쁜 그들이 사흘 동안이나 조의를 표하겠는가? 그럴 리 없다는 것은 조금만 제정신이어도 알 수 있었다. 그들이 와서 뭘 했는지 무슨 회담을 나누었는지는 알려진 바가 없었다. 각국의 인사들은 그렇게 비밀 속에 묻혀 있다가 조용히 본인들의 땅으로 떠나갔다.

자잘한 기사들은 수도 없이 많았다. 벽에는 열차 내부와 승강장의 모습을 담은 CCTV가 하나도 없었다는 것부터, 무슨 생각이었는지 음모론자들이 주장하는 그림자 정부와 비밀 결사대에 대한 것들까지 붙어 있었다.

그동안의 민호는 음모론을 생각하고 있던 게 분명했다. 정부가 계획적으로 열차를 불태웠다고 말이다. 사방에서 갑자기 솟아오르던 거짓말 같은 발화 장면과 이미 쓰러져 있던 승강장의 사람들이 떠올랐다. 끝내 열리지 않던 문을 기억했다. 꼭 국가가 범인이 아니더라도 확실히 계획된 화재였다. 피해망상에 시달리며 환상을 보고 온 게 아니라면 누군가 CCTV영상을 삭제한 것도 당연한 일이었다.

그는 모든 기사를 하나하나 정독했다. 이전부터 인터넷에 떠돌던 이야기들도 많이 보였다. 화재에 대한 온갖 추측이 수두룩하게 쏟아질 무렵 민호도 읽고 접했던 것들이었다. 사실 생각해 보면 위에 열거한 많은 내용들도 어느 정도는 인터넷에 떠돌고 있었다. 당시의, 그러니까 지난밤의 꿈을 꾸기 전까지의 민호는 그런 이야기를 의도적으로 외면하고 있었던 거였다. 소설 같은 이야기들을 단지 믿고 싶지 않았는지도 모르겠다. 그런 시답잖은 이유 때문에 선아가 죽었을 거라곤 생각할 수도 없고 상상하기도 싫었다. 당시의 민호는 슬픔에 잠겨 있기만도 너무 바빠서, 유가족들의 마음은 생각도 않은 채 괜한 음모론을 떠벌리는 머저리들이 하루빨리 없어지기만을 바랐었다.

그러나 지금. 직접 상황을 접하고 온 민호는 생각이 180도 바뀌어 있었다. 모든 것이 달리 보였다. 열차에 타고 있었다고 주장하는 생존자들을 찾아내 멱살이라도 잡고 당장 이것저것 따져 묻고 싶었다. 그래. 열차에서 사람들이 살아남았을 리 없었다. 입을 막기 위해서라도 모두 죽였을 것이다. 생존자란 놈들은 거짓말을 하고 있었다.

서러움이 북받쳐 올라 민호는 속으로 울부짖었다.

그리고 확신했다. 아마 놈들을 찾을 순 없을 거란 걸. 그간 자료를 모아온 '민호' 역시 같은 생각을 했을 테고 그들을 찾아내기 위해 노력도 분명했을 터였다. 어쨌든 그 자신이니 그랬을 거라는 확신이 있었다. 하지만 눈을 씻고 자료들을 샅샅이 뒤져 본들 생존자들에 대한 제대로 된 정보는 단 한 개도, 그 어디에서도 찾을 수 없었다.

팔에서 느껴지는 고통 때문인지 사건에 대한 분노 때문인지 민호는 몇 날 며칠을 잠을 설쳤다. 일주일이 넘도록 꿈을 꾸지도 않았고 다음날도, 그 다음날도 마찬가지였다. 슬슬 불안했다. 오죽하면 그는 선아를 구해내지도 못한 채 평생을 오그라든 팔을 달고 살아야 하는 건 아닌가 더럭 겁이 날 정도였다.

시간은 조바심 속에서 느릿느릿 흘러갔다. 그는 꿈을 꾸기 위해 수면제를 먹고 저녁 9시부터 다음날 점심이 되도록 대부분을 잠에 빠져 살았다. 그리고 달이 유난히 짙고 밝아 보이는 밤. 민호는 드디어 꿈을 꾸었다. 3시 49분이었고, 잠실역 앞이었다.

그는 시계와 이정표를 보며 잠깐 어리둥절했다. 이만큼 여유로운 시간에 잠실역에서 꿈이 시작된 적은 처음이었다. 하지만 곧 어차피 폭발 전에 잠실역에 도착한들 아무 소용이 없다는 것을 깨달았다. 열차는 잠실에 도착하기 전에 불에 휩싸일 것이고, 폭발이 일어나기 전에는 문조차 열리지 않을 것이다. 끝까지 열리지 않는 건지도 몰랐다. 정부와 언론은 그 망할 폭발이 불길에 전선 피복이 녹아 발생한 합선에 의한 것이라 발표했었는데, 그가 본 바로는 전혀 아니었다.

민호는 멀쩡해진 양팔을 매만지며 주변을 유심히 살폈다. 그러곤 곧 불길에 휩싸일 승강장을 향해 천천히 걸어갔다.

혹시 방화가 아니라 폭탄 테러를 들먹이면 경찰이 대응을 할까?

국가 행사 때마다 폭탄이 있다는 장난 전화에 특수기동대가 출동하고 열차들이 연착되던 모습이 떠올랐다. 시도해 볼 가치는 있었다. 국가가 이번 방화의 숨은 범인이라면 어떻게 해도 소용없을 것 같긴 했지만……

민호는 자신의 핸드폰을 내려다보았다. 그의 전화로는 안 된다. 다른 전화기가 필요했다.

마침 앞에 걸어가는 여자의 뒷주머니에 커다란 핸드폰이 삐쭉 튀어나와 있는 게 보였다. 민호는 잠깐 숨을 골랐을 뿐 거의 고민하지 않고 재빠르게 행동했다. 그는 자신의 휴대폰을 들고 시선을 화면에 고정시킨 채, 휴대폰에 정신 팔린 멍청이 행세를 하며 재빠르게 걸어가 여자를 들이받았다. 툭.

"아! 죄송합니다!"

민호가 반쯤 휘청거린 끝에 여자에게 말했다.

여자는 똥 씹은 표정으로 그를 잠깐 쎄려보았다. 그녀는 대답조차 하지 않고 살짝 찡그린 얼굴로 고개 까딱하더니 휙 돌아 앞으로 걸어갔다.

그사이 민호의 뒷주머니엔 여자의 핸드폰이 들어가 있었다. 다행히 패턴이니 비밀번호니 잠금은 되어 있지 않았다. 그는 얼른 화장실로 몸을 옮겼다.

방음이 전혀 안 되는 것을 감안하면 화장실은 남몰래 전화를 하기에 썩 좋은 곳은 아니었다. 그래도 최선의 방법이었고 운이 좋았던 건지 화장실엔 사람이 없었다. 민호는 화장실 칸막이 안으로 들어가 문을 걸어 잠갔다.

경찰이 전화를 받았고……

민호는 이내 한숨을 내쉬며 종료버튼을 눌렀다. 지난번과 똑같은 대화가 오갔다. 반응도 결과까지도 똑같았다. 다른 점이라면 이번엔 전화를 받은 경찰이 여자였다는 것과 민호가 방화 대신 '폭탄'이라는 단어를 사용했다는 정도였다.

그는 경찰에 세 번 더 전화를 걸었다. 범인을 가장해서 전화를 하기도, 신원불명의 목격자를 가장해 전화를 해보기도 했다. 하지만 어떤 식으로 얘기하든 돌아오는 반응은 믿을 수 없을 정도로 한결같았다.

민호는 화가 치밀어 부들부들 떨리는 손으로 문을 열고 나오다 바로 앞에서 그를 빤히 보고 있는 한 남자 때문에 깜짝 놀랐다. 남자는 민호를 의아하고 경악스런 눈으로 몇 번이고 훑어봤다. 위아래 위아래로. 그러고는 뒤로 살짝 물러서선 시선조차 피하지 않은 채 그를 마주 봤다.

통화를 엿들은 모양이었다. 아니, 그냥 들렸겠지. 민호는 그의 시선을 피해 얼른 고개를 돌리고 도망치듯 화장실을 빠져나왔다.

민호는 일단 사용한 통화 기록을 지운 뒤 여자의 핸드폰을 분실물이라며 매표소에 던져 넣듯 떠맡겼다. 그리고 뚜벅뚜벅 걸어가 개찰구를 통과했고, 혹시나 안내방송이든 뭐든 열차가 연착될 거라 이야기 해 주기를 기다렸다. 1분이 지나고, 또 1분이 지났다.

시계는 슬슬 4시가 되어갔다. 그리고 아무 일도 일어나지 않았다.

인내심의 바닥이 드러났다.

'어떻게 해야 열차가 멈추나 한번 보자.'

깨어났을 때 교도소에 있건 말건 상관하지 않기로 마음먹었다. 무슨 수를 써서든 일단 열차를 멈추고 화재를 막아보고 싶었다. 선아를 되살릴 수 있는지 확인해야만 했다.

민호는 역무실로 달려가 벌컥 문을 열어 재꼈다. 그리고 다짜고짜 소리쳤다.

"2052열차에 폭탄이 있습니다. 8분에 도착하는 열차예요. 멈춰야 해요! 잠실역에 도착하면 터질 겁니다!"

역무원들이 순간 공황상태에 빠져 그를 바라보더니 곧 다양하게 반응했다.

"예? 폭탄이요?"

"그게 무슨 소립니까? 8분 열차요?"

대부분 놀랐고 반신반의했지만 경찰보다는 긍정적인 반응이었다. 한 사람만 빼고는.

아주 잠깐, 미묘한 분위기가 흐르는가 싶더니 가장 나이 많아 보이는 남자가 불쾌한 얼굴로 소리쳤다.

"하! 오늘따라 별 미친놈이 헛소리를 다 하네! 다들 조용히 못 해?"

그냥 보면 사람 좋아 보일 것 같은 둥글고 인자한 얼굴인데 목소리나 표정은 전혀 어울리지 않았다. 역무원들의 계급은 잘 모르지만 그가 이곳에선 가장 상사인 게 분명했다. 그의 호통에 나머지 역무원들의 태도도 조심스럽고 소심하게 변했다.

"저, 대체 무슨 말씀인지 설명을 좀 해주시겠습니까?"

가까이 앉은 남자직원이 물었다.

"설명할 시간이 없어요. 4시 8분에 잠실역에 도착하는 열차에 폭탄이 설치돼 있습니다. 여기 들어오면 터질 거고. 그게 답니다. 터지면 당신도 나도 다 죽을 거예요. 제발 부탁드립니다. 얼른 열차를 멈춰야 해요!"

"증거가 있나요?"

"증거요?" 민호가 황당하다는 듯 되물었다. "당장 열차를 멈춰서 해부해 봐요! 아예 가스 배선까지 되어 있을 테니까!"

"그럴 순 없죠. 당장 확실한 증거도 없이 저희 마음대로 열차를 세우고 달리게 할 수는 없습니다. 저희가 세운다고 당장 세워지는 것도 아니고요."

"일단 사람을 살리는 게 우선 아닙니까? 열차를 멈추고 사람들을 대피시켜야 해요!"

"저……, 폭탄이 설치돼 있다는 건 어떻게 아신 거죠?"

남자 직원이 눈을 굴렸다.

"망할! 국가 요원입니다. 됐습니까? 일단 열차를 멈춰요. 빨리!"

민호가 되는 대로 소리쳤다.

"뭐야 당신! 증거 있어?" 나이 많은 남자가 끼어들어 소리쳤다. "약을 했든 술을 처먹었든 그런 건 적어도 집에서 하란 말이야, 이 개 같은 새끼야! 어디서 장난질이야? 내쫓아!"

직원들은 상사의 격한 반응에 적지 않게 당황한 표정이었다. 원래 저런 분이 아닌데 하는 표정. 어떻게 해야 할지 망설이는 얼굴들이었다.

"내가 책임질 테니까 내쫓으라고!"

남자가 다시 소리쳤다.

민호는 그제야 그가 누군지 알아보았다. 사고 당시 기관사를 제외하고는 유일하게 살아남은 역무원이었다. 화재 이후 책임을 물어 스스로 은퇴하는 역할을 맡은 생존자인데, 은퇴한 이후의 기록은 도저히 찾을 수 없는 남자였다.

"저 선생님?"

가까이 앉은 남자 직원이 일어나 손바닥을 내보이며 민호를 가로막았다.

4시 4분. 이곳도 글렀다. 민호는 역무실을 뛰쳐나가 승강장으로 달려갔다.

"젠장할! 다들 도망가요! 곧 폭탄이 터질 겁니다! 씨발! 여기 있으면 다 죽는다고!"

민호가 소리쳤다.

사람들이 술렁였다. 그의 말을 듣고 승강장을 빠져나가는 사람은 하나도 없었지만 민호가 계속 소리쳤다. 슬금슬금 민호를 피하고 흘끔거리는 시선들이 대부분이었지만 어떤 방식이 건 목격자가 많을수록, 사람들이 더 많이 동요할수록 좋았다.

이렇게 난리를 피워도 꿈쩍도 안 하나 보자 싶었다.

"이봐요 얼른 여기서 나가요! 들어오지 말라고! 곧 폭탄이 터질 겁니다!"

민호가 승강장을 빠져나가 개찰구를 향해 소리쳤다. 그리고 다시 승강장으로 돌아가 또다시 소리쳤다.

그리고 4시 7분. 승강장 전체에 안내방송이 울려 퍼졌다.

"신천역을 출발하여 4시 8분경 도착하기로 돼 있던 잠실나루 강변행 열차에 문제가 접수되어 운행이 잠시 지연됩니다. 불편을 끼쳐드려 죄송합니다. 빠른 문제 확인 후……"

성공했다. 열차가 멈췄다. 민호에게 계속 폭탄 얘기를 들어온 사람들이 하나 둘 웅성대며 승강장을 빠져나가기 시작했다. 민호를 계속 흘끔거리던 몇몇은 불안한 얼굴로 계단을 뛰어올랐다. 그들이야 어쨌건 상관없었다. 이제 선아는 무사할 것이다. 힘이 빠진 민호는 승강장에 그대로 털썩 주저앉았다.

하나둘 승강장을 빠져나가는 사람이 늘어가자 곧 인파의 물결에 속도가 붙어 너도나도 계단을 뛰어올랐다. 하지만 그 인파 속에 가만히 서서 민호를 바라보는 남자가 있었다. 대체로 검은색이지만 평범한 복장에 평범한 얼굴. 화장실에서 마주쳤던 남자였다. 그는 이번에도 민호를 뚫어져라 보고 있었다. 남자가 민호를 향해 천천히 다가왔다. 품 안에 손을 넣는 남자의 손길이 수상했다. 민호는 문득 모두가 쓰러져 있던 잠실역 승강장에 홀로 서 있던 누군가가 떠올랐다.

설마……

매캐하게 뭔가 타는 냄새가 철로를 따라 번져왔다. 남자의 품에서 잽싸게 손이 튀어나오는가 싶더니…….

4시 8분. 민호가 잠에서 깨어났다.

민호는 눈을 몇 차례나 깜박거렸다. 여긴 어디지? 익숙한 그의 방도, 지저분한 교도소도 아니었다. 바닥은 딱딱했고 새하얀 벽이 보였다. 불편한 자세로 옆으로 누워 있는 탓인지 온몸이 저렸다. 화상 특유의 땅기고 가려운 느낌은 더 이상 없었지만 팔짱을 낀 듯 좌우로 엇갈린 팔은 꼼짝달싹할 수 없었다. 그는 소매가 매우 긴 하얀 옷을 입고 있었다. 그 소매는 팔과 손을 지나쳐 계속 이어졌고, 그의 등 뒤에서 서로 묶여 있었다.

가까스로 몸을 뒤집어 바로 누우니 마찬가지로 하얀 천장이 보였다. 여긴 교도소 독방보다 더한 곳이 분명했다.

그렇게 몇 분간이나 숨을 고르며 누워 있었다. 여전히 꿈속인지 아닌지 정신이 몽롱했지만 확실히 꿈속은 아니었다. 이런 꿈은 꿀 리가 없으니까. 지난 3년간 그에게 꿈은 오직 선아가 죽던 날, 그날뿐이었다.

힘겹게 몸을 일으켜 자리에 앉았다.

선아는? 선아는 어떻게 된 거지?

"이봐요! 거기 누구 없어요? 이봐요!"

민호가 허공에 대고 소리쳤다. 입은 바짝 마르고 목이 잠겨 있었다.

얼핏 봐선 어디가 문인지도 알 수 없을 정도로 하얀 방이었다. 민호는 한참을 보고 나서야 작게 뚫린 네모난 창을 발견했는데 쉽게 안과 밖을 구분할 수 없을 정도로 창 뒤의 공간마저도 미치도록 하얀색이었다. 소름 돋는 하얀색. 순간 이곳에 며칠만 더 있다간 정말 미쳐버릴지도 모른다는 생각이 들었다. 어쩌면 근 3년 넘게 이곳에 있었을 '그 자신'은 정말 미쳤을지도 몰랐다.

어쨌든 창 주변에는 문처럼 보이는 미세한 틈도 보였다. 그는 문을 향해 다시 소리쳤다.

"이봐요! 대답 좀 해봐요! 이봐요!"

민호는 10분 가까이나 소리를 질렀다. 목이 타들어가듯 아프고 메말라 쉬어버린 목소리가 공기 중에 흩어졌다. 답변은 없었다. 메아리조차 없었다.

한심한 일이었다. 시간이 얼마나 지났는지도 알 수 없고, 이곳이 정확히 어딘지도 알 수 없었다. 서울을 벗어난 시골일 수도 있고, 아예 한국이 아닐지도 몰랐다. 하기야, 그런 건 아무래도 상관없었다.

중요한 건 열차에 불이 났느냐 하는 것이었다. 선아는 살아남았을까? 열차를 연착시킬 수만 있다면 선아를 살릴 수 있는 걸까?

답 없는 고민 속에서 하얗고, 하얗고, 하얀 시간이 흘러갔다.

이곳에선 아무것도 알 수 없었다. 정말 미쳐버릴 것만 같은, 다신 들어오고 싶지 않은 곳이었다. 교도소도 마찬가지였다. 이곳에 시간을 빼앗겼을 또 다른 나에게도 말할 수 없이 죄스러웠다.

그래, 마냥 막무가내로 달려들어서는 원하는 바를 이룰 수가 없었다. 계획이 필요했다.

꿈은 다행스럽게도 사흘 만에 민호를 찾아와 그를 하얀 방에서 풀어주었다. 어쩌면 그보다 오래됐을 수도 있었지만 다행히 완전히 미치기는 전이었던 것 같았다.

하지만 그를 찾아온 꿈은 시간 여유가 있는 것도, 잠실역에서 가까운 것도 아니었다. 사건 현장에 다시 가보기에도 빠듯했다. 아마 갈 수 없을 것이다. 경험으로 쉽게 알 수 있었다. 이전 같으면 어떤 조건에서든 잠실을 향해 달려갔겠지만, 지금은 전보다 차분했고, 이 꿈 아닌 꿈을 좀 더 객관적으로 바라볼 수 있었다.

오늘은 아니었다. 계획한 일들을 벌이기에는 턱도 없는 시간이었다. 그는 거리를 걷고 또 걸으며 애써 냉정을 유지했다. 어차피 아직은 준비가 부족했다.

그는 꿈속에서 막무가내로 열차에 달려드는 대신 주변 지리를 세세히 외워내기 위해 노력했다. 평소에는 의식하지 못했던 수많은 건물의 '필요한' 간판 하나하나까지, 주변의 쓰레기통 위치까지. 시간이 주어진다 한들 어디에서 꿈이 시작될지 알 수 없으니 그는 거의 서울 지리를 통째로 외워내야만 했다.

시간이 흐르고 꿈이 몇 번이고 찾아오는 동안 계획은 점점 다듬어졌다. 이미 리허설까지 진행해 보았다. 분명히 때가 되면 잘해낼 수 있을 것이다. 아직 기회가 오지 않았을 뿐 그는 때를 기다리고 또 기다렸다.

하지만 기회는 쉽게 오지 않았다.

시간이 갈수록 꿈을 꾸는 빈도가 점점 줄어들고 있었다. 어느 순간 이삼일에 한 번씩 꿈을 꾸기 시작하더니, 민호는 이제는 일주일이 지나도록 꿈을 꾸지 못하고 있었다. 가끔 꾸는 꿈조차 시간이 충분한 꿈은 아니어서, 요즘의 그는 아예 수면제를 먹고 침대에 누워 있는 것이 일상이 되어버렸다.

민호가 해골처럼 바싹 말라갈 때쯤, 한참만에야 선심이라도 쓰듯 기회는 다시 그를 찾아왔다.

그는 홍대 거리에 서 있었고 시간은 약 48분 정도 남아 있었다. 잠실역에 도착하기에는 아슬아슬하도록 촉박한 꿈이었다. 하지만 그런 건 아무래도 좋았다. 잠실로 이동할 필요는 없었다.

더군다나 홍대라면 오히려 감사했다. 굳이 애써 지리를 외울 필요도 없는 곳, 선아와 한창 데이트하던 시절 밥 먹듯이 왔던 곳이었다. 그녀와 자주 갔던 커피숍도 그대로였고 추억이 깃든 벤치나 가끔 들르던 바들도 그대로 있었다. 하지만 감상에 젖어 있을 시간은 없었다. 민호는 혹시 몰라 자신의 핸드폰을 꺼버린 후, 노점상에서 싸구려 모자를 구입해 푹 눌러 쓰곤 재빠르게 가까운 PC방으로 들어갔다.

그는 선불로 1시간을 지불하고 주변에 사람이 거의 없는 구석진 곳에 자리 잡았다. 담배 연기가 알싸하게 허공을 떠다니는 어두운 곳이었다.

인터넷 화면이 깜박이며 민호를 맞이했다. 그는 차분히 작업을 시작하기 위해 커서를 움직였다. 집어둔 목록에는 네이버나 다음, 야후 같은 대형 포털사이트는 물론 트위터 같은 SNS도 있었고, 평소라면 들어가 보지도 않았을 각종 커뮤니티 사이트들도 잔뜩 있었다.

그는 주민번호를 도용해 번호별로 각 네 개 사이트씩 회원가입을 진행했다. 사고 당시만 해도 아직 개인정보에 대한 인식이 부족해 본인 확인 절차도 거의 없었고, 인터넷을 조금만 뒤져도 도용당한 주민등록증이 무수히 쏟아지는 시대였다. 그는 어렵지 않게 계정을 만들어 각 사이트에 경고문을 작성했다. 제목은 이랬다.

오는 4시 8분. 잠실역에 도착하는 2호선 2052번 열차에서 폭탄을 터트리 겠습니다.

제목 자체가 내용이었으니 구구절절 글을 쓸 필요는 없었다. 그는 각 아이디로 사이트마다 재빠르게 열 개씩 글을 도배하고는, 화장실 티슈에 물을 묻혀 키보드와 마우스, 책상과 의자에 묻은 지문들을 닦아냈다. 그러곤 게임의 정신 팔린 학생들 옆을 지나며 야구모자 하나를 자신의 모자와 바꿔치기했고, 화장실에 간 건지 자리를 비운 누군가의 자리에서 야구 점퍼를 슬쩍했다. 물론 바꿔치기 전에 모자에 자신의 머리카락이 붙어 있는지 확인하는 것도 잊지 않았다. 어쨌든 그는 촌스러운 야구복장을 완성했다. 모자엔 양키즈, 가슴엔 LA 다저스가 새겨져 있었다.

그는 PC방을 나와 조금 멀리 떨어진 다른 PC방으로 들어갔다. 모든 행동이 확실하고 신속했다. 그리고 극히 조심스러웠다. 온 사방에 눈이 있었다. 피시방 CCTV는 물론 도로의 과속신호위반 감시카메라 등 모든 게 국가가 이용할 수 있는 눈이었다. 하다못해 온 도로에 널린 차량들도 블랙박스를 가지고 있었다.

이미 한번 글을 남긴 아이디로는 사이트에 다시 접속해서도 안 됐다. 글을 남기고 사라지는 시간보다 더 빠르게 추적되는 건 안 될 일이었다. 민호는 서둘러 또 한 번 아이디를 만들고 글을 남겼다.

사람들의 반응은 대체로 비슷했다. 그의 글에 달리는 댓글은 대부분 욕설이거나, 그를 관심병자 취급하는 내용이었다. 아직까지는 그랬다. 민호는 야구점퍼와 원래 입던 재킷을 벗어들고 와이셔츠 차림으로 PC방을 빠져나왔다.

또다시 일련의 행위가 반복됐다. 아이디를 만들고 글을 쓰고. 하지만 이번에는 자신이 이전에 남겼던 글들에 걱정하는 투로 댓글도 달았다.

이런 사이트에서 글을 보고 퍼 나르는 건 대부분 어린 학생들이었다. 덕분인지 민호의 글에는 어느새 욕과 비방이 난무하는 댓글판이 벌어져 있었다.

 – 이거 왜 계속 올라 오냐? 적당히 미친놈 같진 않은데 진짜 지하철 터지면 대박 아니냐?

 – 딱 봐도 그냥 어그론데 뭘 쪼냐 병신들아. 관종 새끼. 대한민국에서 폭탄구하기가 그렇게 쉬우면 우리학교부터 부셨다.

 – 부셨다가 아니라 부쉈다다 병신아. 학교 부순다는 걸 보니 딱 봐도 초딩돋네.

 – 중학생인데 ㅂㅅ아? 넌 몇 살이냐.

 – 다들 진짜 터지면 어쩔라고 그럼?ㅋㅋㅋㅋ

 – 이거 다른 데도 올라와 있던데. 나만 소름 돋은 거?

 – 님들 내가 지금 바로 그 열차 타고 있는 거 같은데 내려야 함? ㄷㄷ

몇몇 사이트에선 댓글로 사람들끼리 싸움이 붙었다. 높은 댓글수와 조회수로 인해 글이 페이지 상단에 링크되었다. 주로 커뮤니티 사이트에서 반응이 뜨거웠다. 민호는 실낱 같은 웃음을 지으며 댓글을 달아 넣었다.

'이쯤 되면 사실이든 아니든 우선 열차는 멈춰봐야 하는 거 아닌가요? 이제 4시 8분까지 몇 분 안 남았어요.'

네티즌들의 열기가 점점 달아올랐다.

민호는 다시 재킷을 걸쳐 입고, 화장실을 간 건지 자리를 비운 누군가의 핸드폰 하나를 몰래 집어든 채 PC방을 빠져나왔다.

그는 택시를 타고 양화대교를 건너 양평동으로 넘어갔다. 그러곤 택시에서 내리자마자 가장 먼저 보이는 쓰레기통에 야구 점퍼와 재킷을 쑤셔 넣었다.

좋아. 인터넷이 조금이나마 떠들썩하면 경찰들도 어쩔 수 없이 움직임을 보일 것이다. 다른 것도 아니고 폭탄에 대한 경고다. 이 정도면 국가 안보의 문제 아닌가?

민호는 컴퓨터가 구비된 카페에 들어갔다. 현재 시각은 4시 정각을 조금 넘었다. 그는 커피 한잔을 대충 주문하고 자리에 앉아 인터넷 속 사람들의 반응을 살폈다. 이번에야 말로 가능성이 보였다.

그는 상황을 떠보기 위해 훔친 핸드폰으로 경찰에 전화를 걸었다. 패턴 잠금이 걸려 있었지만 비상전화를 거는 덴 문제가 없었다.

"저기 혹시 지금 인터넷에 난리난 거 경찰들도 알고 있나요?" 민호가 물었다. "지하철에 폭탄이 있다고 하던데요. 사실인가요?"

"아, 그 글들 말이군요. 아니길 바라지만 저희도 지금 최선을 다해 알아보고 있는 중입니다."

그의 글이 사람들의 이목을 끄는 덴 확실히 성공한 것 같았다. 인터넷엔 거리와 전파력의 제한도, 미친놈 취급을 당할 광기의 제한도 없었다.

"수색대나 경찰들이 출동하긴 한 건가요?" 민호가 짐짓 불안한 목소리로 다그쳐 물었다. "제 아들이 지하철을 타고 있어서 그래요."

"아직 출동은 하지 않았지만 곧 명령이 내려올 걸로 보입니다. 열차가 곧 멈출 겁니다."

됐다. 민호는 속으로 쾌재를 불렀다.

"사람들 신고가 많이 오나요?"

"그런 셈이죠. 하지만 이런 일은 대체로 장난인 경우가 많아요. 이번 일도 그러리라 믿고 또 그러길 바라지만, 장난친 놈은 꼭 잡아서 벌을 받게 하겠습니다."

민호는 거듭 감사하다고 말하며 전화를 끊었다.

포털사이트 뉴스에는 정체불명의 누군가가 남긴 테러 예고로 열차 운행이 잠시 지연될 거라는 기사가 떴다. 4시 8분이 되고, 민호는 기사를 읽던 도중 잠에서 깨어났다.

푹신한 느낌은 분명 집에 있는 익숙한 침대였다. 적어도 민호가 열차 폭파를 예고한 범인이란 건 밝혀지지 않았다는 뜻이었다. 예상대로다. 아마 직접적으로 얼굴을 노출하지도, 본인 명의의 핸드폰을 사용하지도 않았기 때문일 것이다. 그런 상황이라면 회사에서 일하고 있었을 또 다른 자신이 완벽한 알리바이가 되어 줬을 터였다.

하지만 민호는 어딘가 막막한 기분으로 눈을 떴다. 주섬주섬 몸을 돌려 보니 텅 빈 침대가 보였다. 선아의 자리는 여전히 비어 있었다. 어딘가 걸려 있을 법한 그녀의 옷가지도, 민호라면 사지 않았을 선아의 취향이 베인 낯선 물건들도 보이지 않았다. 민호는 혹시나 하는 마음으로 핸드폰을 꺼내들고 선아에게 전화를 걸었다.

선아가 아닌 다른 사람이 전화를 받았다. 굵직한 목소리의 남자였는데 그는 이 번호를 2년 전부터 쓰고 있다고 말했다. 민호는 사과를 하고 전화를 끊었다. 그러곤 홀린 듯 컴퓨터를 켜 검색창에 '잠실 지하철 화재'를 쳐보았다.

기사가 주르륵 떴다. 민호는 눈을 비비고 다시 기사를 바라보았다.

2052 열차는 테러를 예고한 괴한의 소행으로 불길에 휩싸였다.

'이게 무슨 소리지?'

범인은 경찰과 특수기동대가 열차에 도착하기 전에 우발적으로 폭탄을 작동시킨 것으로 보인다. 예고했던 폭발은 일어나지 않았지만 열차는 연착 명령을 받은 직후 속도를 줄이며 달리는 와중 거짓말처럼 한순간에 온 객실에 불이 붙었다. 경찰은 범인을 잡기 위해 서울 경기지역의 경찰병력을 동원해 범인의 글이 게시된 것으로 알려진 강남권역을 집중 수색할 것으로 밝혔다.

민호는 넋을 놓고 모니터를 바라봤다. 마침내 짧은 문장을 찾아낸 그의 눈이 터질 듯 부풀어 올랐다.

······이에 승객 전원이 사망했다.

꼭 온몸이 부서져 무너지는 것 같았다. 어떻게 해도 선아의 죽음을 막을 수가 없었다. 아마 열차에 불을 지르는 그 누군가가. 열차가 멈춘다는 이야기를 듣고 계획을 수정한 게 분명했다. 아마도 그 검은 옷의 남자가…….

대체 공범은 몇이나 되는 걸까? 어디서부터 손을 써야 하는 거지?

이런 식으로는 도저히 선아를 구할 수 없을 것 같았다. 그는 부디 한 번만이라도 다시 꿈속에서 선아를 만나게 되길 기도했다. 조금만 더 차분하게, 조금만 더 현실적으로 설득해서 그녀를 빼올 수 있게 되기를 간절히 바랐다. 선아를 만나던 그날 꿈에 너무 서두르고 급하게 다그쳐 선아를 당황시켰던 자신이 한없이 원망스러웠다.

'제발. 제발 신이 있다면 선아를 살려주세요.'

민호는 침대에 고개를 파묻고 죽은 사람처럼 흐느꼈다.

꿈이 찾아오는 횟수가 점점 더 줄어들었다. 꿈은 이제 그를 조롱하고 약 올리기라도 하듯 이삼 주에 한번 씩만 불쑥불쑥 찾아왔다. 그러다가도 어느 땐 또다시 꿈을 꾸고, 꾸고, 꿈을 꾸는 하루하루가 지나갔다. 하지만 꿈속에서 아무리 치열하게 돌아다닌들 선아를 만날 수는 없었다. 그녀를 구할 실마리도 보이지 않았다. 정확히는 잠실까지 도착할 수 있는 꿈조차 꾼 적이 없었다.

민호는 이제 꿈을 꾸어도 꿈이 시작된 그 자리에 무기력하게 앉아 있을 뿐이었다. 꿈은 매번 열차를 불태우고 사람들의 목숨을 앗아갔다. 분명 조작된 일이었다. 그러나 어떻게 해야 그 조작을 끊어낼 수 있는지 알 방도가 없었다. 그 검은 옷의 남자에 대해 확인해 볼 기회도 없었다. 민호는 점점 핼쑥해져 갔고, 점점 지쳐갔다.

그러던 어느 날. 드디어 조금이나마 시간 여유가 있는 꿈이 찾아
왔다.

민호는 시계를 확인하자마자 택시를 타고, 발로 뛰고, 열차를 타
서 정확히 4시 2분에 잠실역에 도착했다. 이번엔 소란을 떨지도 경
찰에 전화를 하지도 않았다. 민호의 눈은 검은 옷의 남자를 찾고 있
었다.

아직 그자는 보이지 않았다. 하지만 곧 나타날 것이다. 민호는 애
써 마음을 진정시킨 후 승차장에 자리를 잡고 앉아 무슨 일이 벌어
지는지 가만히 지켜보았다.

사람들은 아무 일 없이 열차를 기다리고 있었다. 아무런 낌새도
없이 시간이 흘러갔고, 평범한 오늘이 변함없이 계속될 것만 같았다.

그러나 4시 7분. 예상대로 일이 벌어졌다. 저 멀리서부터 사람들이
하나씩 기절하듯 쓰러지기 시작했다. 민호에게도 갑작스레 졸음이
몰려왔다. 스스로 다리를 내려치며 잠을 막아보려 노력했지만 눈은
무게를 버티지 못하고 스르르 내려 감겼다. 하지만 그는 바닥에 엎어
져 완전히 눈을 감게 되기 전, 방독면을 쓰고 걸어 다니는 남자 하
나를 분명히 목격했다.

확실했다. 얼굴은 보이지 않지만 키도 옷도 민호가 의심하던 검은
옷의 그였다. 남자는 손에 이상한 기계들을 들고 있었다. 하나는 단
순한 무전기 같았고 하나는 말 그대로 알 수 없는 기계 덩어리였다.

지금으로선 알 수 있는 게 많지 않지만 그 정도면 충분했다. 민호
는 꿈속에서 잠이 듦과 동시에 현실에서 깨어났다.

민호는 한 달간이나 꿈을 꾸지 않아 더없이 초조한 나날을 보내고 있었다. 더 이상 꿈을 꾸지 않으면 어쩌나 하는 걱정 속에서 깡마르고 거의 시체처럼 살고 있다는 표현이 좀 더 정확했다.

그날은 이상할 정도로 초조함이 몰려든 날이었다. 어쩌나 가만있을 수가 없던지 민호는 한동안 입에도 대지 않았던 술까지 잔뜩 들이부은 채 새벽 3시가 돼서야 집으로 돌아왔다. 그는 무거운 몸을 끌고 가까스로 침대에 드러누웠다.

이제 딱 일주일만 있으면 선아의 4번째 기일이었다. 물론 그 때문에 술을 마신 건 아니었지만, 그를 점령한 술기운에는 연인을 잃은 착잡함이 가득 녹아 있었다. 민호는 차오르는 눈물을 누르고 어둠 속에 눈을 묻었다. 곧 온몸이 물에 가라앉듯 무겁게 짓눌렸다. 아래로 아래로, 끝없이 가라앉는 느낌이었다.

민호는 어느 순간 과거로 돌아가 있는 자신을 발견했다. 꿈속에서조차 술기운이 남아 있는지 시야가 비틀거렸다. 여기가 어딜까. 당장은 짐작이 가지 않았다. 사람들이 북적이고 아이들이 많은 곳이었다. 그는 무거운 머리를 붙잡고 시계를 들여 보았다. 3시 46분.

그래서 여긴 어디지?

그는 익숙하면서도 낯선 공간을 유심히 둘러보았다. 조금 앞에 난간이 있었고, 밖에 보이는 풍경은 어딘가 익숙했다. 그는 천천히 발을 옮겨 난간 쪽으로 다가갔다. 다 다가가기도 전에 이곳이 어딘지 알 수 있었다. 천둥 치듯 지나가는 기차 소리와 사람들의 비명이 들렸다. 죽어가는 고통스러운 비명이 아니라, 즐거움에 내지르는 비명이었다.

난간에 서자 놀이기구들 사이로 이해할 수 없을 정도로 가득 들어찬 사람들이 보였다.

롯데월드. 그는 롯데월드에 있었다.

술기운이 달아나는 것 같았다. 시계를 다시 봤다. 3시 47분. 롯데월드에서 잠실역까지 얼마나 걸리지? 걸어서 10분?

살짝 비틀거리며 달리기가 시작되었다. 민호는 거의 피를 토할 정도로 달리고 달려 3시 55분에 잠실역에 도착했다. 술이 덜 깬 정신으로 휘청대며 달리기까지 한 통에 속이 울렁거렸다. 그리고 잠실역에 도착하자 정말 욕지기가 솟아올랐다. 순식간이었다. 민호는 손으로 입을 막아 볼에 가득 찰 정도로 올라온 토사물을 가까스로 틀어막고 화장실로 달려갔다.

그는 곧장 변기에 고개를 처박았다. 세 번이나 크게 게워낸 뒤에야 속이 약간 진정되었다. 눈물이 고이고 입에는 토사물의 찝찝하고 쓴맛이 가득 남아 있었다. 냄새도 좋지 않았다. 그는 비틀거리며 문을 열고 세면대로 다가갔다.

그때 밖에서 남자 하나가 들어와 뒤를 지나갔다. 민호는 입을 씻다 말고 거울을 통해 남자를 뚫어져라 바라봤다.

그가 찾던 남자였다. 방독면의 남자.

민호는 화장실에서 경찰에 신고하는 꿈을 꾼 날 화장실 칸막이 밖에서 이상한 표정으로 그를 바라보던 남자의 모습을 기억해냈다. 바로 이 화장실이었고, 예정대로 그는 이곳에 있었다. 남자는 곧 수백 명을 죽일 사람답지 않게 태연하게 지퍼를 내리고 소변을 보았다.

그가 들고 있는 서류가방이 몹시 수상했다. 저 안에 방독면이 있을 터였다. 그리고 무전기가 들어 있을 테고, 폭탄을 터트리는 신호기나 뭐 그따위의 다른 기계도 있을 터였다.

놈이 눈앞에 있었다. 선아를 죽인, 그에게서 선아를 앗아간 빌어먹을 새끼가.

분명 이자 혼자만의 소행은 아니었다. 하지만 민호의 몸속에선 주체할 수 없는 분노가 활화산처럼 솟아올랐다. 태연한 모습이 그를 더욱 화나게 만들었다.

3시 58분. 결국 이성을 잃은 민호는 다시 속이 안 좋은 척 화장실로 들어갔다. 그러곤 변기 뚜껑을 집어 들었다. 흔히 예전부터 볼 수 있는 크고 모서리가 둥근 뚜껑이 아니라, 가운데에 작은 손잡이가 달린 비교적 가벼운 돌덩이였다. 그래도 확실히 단단했고 벽돌처럼 한손에 꼭 맞는 크기였다. 그리고 그가 기억하기에, 이 화장실에 들어오는 사람은 당분간 없었다.

아주 잠깐 가방만 훔쳐 도망갈까도 생각해 보았지만 곧 소용없을 거라는 결론이 나왔다. 요즘 같은 시대엔 가방과 통신기기를 잃어버렸다 해도 다른 누군가에게 연락할 방법은 무궁무진했다. 민호에겐 아예 더 확실한 조치가 필요했다. 그리고 매우 화가 나 있었다.

문을 열고 밖으로 나서자 남자가 손을 씻고 있는 게 보였다. 손을 다 씻으면 나가겠지. 그러면 기회가 없었다. 최대한 조용히. 눈치채지 못하게 다가가 처리해야 했다.

민호는 조심조심 남자의 뒤에 섰다. 이렇게 보니 남자는 민호보다 키가 반 뼘 이상 컸고 무척 말라 보였다. 남자는 등 뒤에 있는 민호를 알아채고는 거울을 통해 뭐냐는 듯 무감각한 표정으로 그를 흘긋 바라봤다.

"저기요."

민호가 말했다. 그러곤 그와 동시에 변기 뚜껑의 좁은 날로 남자의 뒤통수를 세 개 내려쳤다. 픽! 소리와 함께 남자가 세면대로 납작 엎어졌다. 그가 비틀대며 일어나려는 순간 민호의 손이 다시 솟아올랐다 떨어졌다. 픽! 남자는 비명도 지르지 못하고 쓰러졌다. 민호의 눈이 도끼날처럼 번뜩였다. 정말 광기에 빠진 사람의 눈이었다. 미친 놈의 눈.

다시 손이 올라가고, 내려치고, 또 내려쳤다.

널브러진 남자는 신음조차 내지 않았다. 변기 뚜껑은 반으로 쪼개졌고, 머리에서 흘러내린 피가 세면대를 타고 하수구로 흘러갔다. 사방에 피가 튀어 있었다.

민호는 서둘러 남자를 끌어안듯 잡아들어 중간쯤의 칸막이 안에 집어넣었다. 남자의 터진 머리를 가슴에 바짝 붙이고 이동했기에 옷은 엉망이 되었지만 바닥엔 피가 거의 떨어지지 않았다. 그는 남자를 변기 위에 대충 앉힌 뒤 얼른 화장실 문을 닫았고, 세면대로 돌아와 거울과 바닥에 튄 핏방울들을 닦아내기 시작했다.

계속 흐르는 물과 물 빠질 구멍이 있기에 핏자국을 없애는 일은 그리 어렵지 않았다. 그는 양손에 물을 받아 핏방울 위에 내리붓는 식으로 핏자국을 지웠다. 완벽하진 않지만 좀 전에 비하면 그럭저럭 봐줄 만한 상태가 되었다. 그는 바닥에 떨어진 남자의 짐과 반쪽짜리 변기 뚜껑을 집어 들고 다시 화장실 칸으로 걸어갔다.

"으으으으……."

젠장할. 남자의 미세한 신음 소리가 새어 나왔다. 놈이 아직 죽지 않았다.

민호는 뒷주머니에 꽂아둔 반쪽짜리 변기 뚜껑을 돌도끼처럼 꺼내 들고 조심스럽게 문을 열었다. 남자는 변기 위에 반쯤 널브러져 앉아 있었다. 미약하고 힘없는 숨을 몰아쉬는 게 살아날 것 같지는 않았다. 그래도 모르는 일이었다. 민호는 일단 뒤로 손을 더듬어 화장실 문을 걸어 잠갔다. 그러곤 피에 젖어 눈조차 뜨지 못하는 남자를 보며 안도와 죄책감을 뒤섞었다. 일이 틀어지기 전에 남자의 숨을 끊어야 했다. 괜한 신음 소리라도 새어 보내 살인범으로 교도소에 잡혀갈 생각은 없었다.

민호의 손이 날카롭게 부서진 돌조각과 함께 높게 치솟았다.

그때였다. 남자가 갑작스레 손을 뻗어 민호의 배에 칼을 찔렀다. 헉하는 소리와 함께 민호가 휘청했다. 남자가 칼을 뽑아내자 배에서 왈칵 피가 쏟아졌다. 남자는 눈도 뜨지 못한 채 칼을 휘두르고 있었다. 맥없고 느리지만 위험한 공격이었다. 하지만 다음 공격은 민호가 조금 더 빨랐다. 민호가 칼을 막아 팔뚝을 살짝 베이는 찰나 옆으로 날을 세운 변기 뚜껑이 남자의 머리에 꽂혔다. 말 그대로 꽂혔다. 남자의 이마가 길게 찢어지며 칼이 바닥으로 떨어졌다.

민호는 구멍 난 배를 부여잡고 바닥에 주저앉았다. 잔뜩 긴장하고 흥분한 탓에 아드레날린이 넘치게 분비되었는지 고통이 심하지는 않았다. 하지만 피는 계속 새어 나오고, 이대로라면 죽을 수도 있겠다 싶었다.

그는 점점 흐려지는 의식 속에서도 남자의 가방을 집어들었다. 지퍼를 열자 방독면과 무전기가 보였다. 그리고 그가 궁금해했던 스위치가 여러 개 달린 또 다른 기계도 있었다. 이제 예상대로만 흘러준다면 오늘은 화재도 없을 것이고, 선아도 살아남을 것이다.

제발.

제발.

바깥쪽에서 발소리가 들려왔다. 발소리는 곧 허겁지겁 뛰는 두 걸음 정도로 바뀌더니, 이내 민호와 남자가 널브러져 있는 칸막이의 문을 세차게 두드리기 시작했다.

"거기 누구예요? 괜찮아요?"

바깥의 남자가 급하게 소리쳤다.

바닥엔 피가 흥건하게 고여 있었다. 눈앞의 죽은 남자의 피보다 민호의 배에서 나온 피가 더 많았다. 밖의 남자는 바닥으로 새어 나오는 피를 보고 놀라서 달려온 것 같았다.

"괜찮아요? 저기요! 누가 여기 문 여는 것 좀 도와주세요!"

칸막이 안에서 대답이 없자 남자가 사람들을 불러 모으기 시작했다.

문이 흔들리고 삐걱거렸다. 많이 당황했는지 밖에서 계속 문을 밀어대고 있었다. 미는 게 아니라 바깥쪽으로 당겨야 열리는 문이었지만, 이대로라면 문이 아예 경첩 째 뜯어질 것 같았다. 민호는 최대한 등으로 문을 밀어 막았지만 제대로 힘도 주지 못하는 자신이 얼마나 버틸 수 있을지 장담할 수가 없었다. 문이 쿵쿵거릴 때마다 배에서 피가 한 움큼씩 쏟아졌다. 단지 고통 때문에라도 당장 죽을 것만 같았다.

4시 7분이었다. 몇몇 남자들이 소란을 보고 달려와 문을 미는 데 합세했다. 밖이 점점 시끄러워지는 걸 보니 구경꾼도 많아진 것 같았다. 민호는 부디 문이 열리기 전에 꿈에서 깨어날 수 있기를 바랐다.

하나 둘! 쿵.

남자 둘이 달라붙어 어깨로 문을 밀치자 문이 부서질 듯 요동쳤다. 민호는 울컥 피를 토하면서도 가까스로 문을 밀었다. 하지만 쿵. 두 번째 충격엔 잠금장치와 경첩이 부서지며 칸막이가 입을 열었다.

4시 8분. 그 안에 민호는 없었다. 머리가 찢어져 죽은 거무튀튀한 옷의 시체 하나밖에 없었다.

민호가 눈을 떴다. 아직도 술기운이 남은 머리가 무겁게 그를 짓눌렀다. 속이 매스껍고 온몸이 땀에 젖어 있었다. 손에는 살인의 감촉이 남아 있었다. 놈의 머리를 내려칠 때, 뭔가를 깨버리는 듯 물컹하고 단단한 감촉. 그리고 피.

정신을 차림과 동시에 사람을 죽였다는 죄책감이 스멀스멀 떠올랐다. 왜 그랬지? 꿈속의 그는 온전한 그가 아니었다. 술기운이었을 수도 있었다. 민호는 아닌 걸 알면서도 그 모든 것이 지나친 악몽일 뿐이라고 스스로를 타일렀다.

꿈속의 그는 제정신이 아니었다. 지금 생각해 보면 꿈속의 그는 항상 제정신이 아니었다. 배를 보니 칼자국이 있었다. 오 제발. 오늘 밤의 꿈도 그저 단순한 꿈은 아니었다.

그렇다면 선아는?

열차는? 불은? 폭발은?

생각이 다른 데 쏠리자 죄책감이 아래로 숨어들었다. 민호는 옆에 선아가 누워 있지 않다는 걸 눈으로 보면서도 손으로 빈 침대를 몇 번이나 더듬었다.

이번에도 선아는 없었다.

그렇게까지 했는데도 선아가 없었다.

민호는 서러움에 눈물이 북받쳐 올랐다. 아니다, 선아는…… 선아는 그저 오늘 이 자리에 없는 걸지도 모른다. 본인의 집에서 자거나. 아니면 그저 헤어졌거나. 젠장할. 그건 그것대로 좋지 않았다. 어쨌든 선아는 살았을 것이다. 그래야만 했다. 이제 민호는 할 수 있는 거의 모든 일을 저지른 셈이었다. 그는 지쳤고, 할 만큼 했다.

별의별 생각이 머리를 갉아먹으며 지나갔다. 막막함이 민호를 쓸어내리고 좌절이 등을 어루만졌다.

잠깐. 눈물을 훔쳐내고 주위를 둘러보자 집이 조금은 달라 보였다. 늘 보던 그 천장에 그 침대였지만 옷걸이에는 분명 그의 옷이 아닌 여자의 옷이 걸려 있었다. 책상 위엔 못 보던 인형도 하나 있었다. 그리고 화장실에서 물소리가 들려왔다.

화장실. 민호는 괜히 소름이 돋아 화장실을 빤히 바라봤다. 안에서 죽은 남자의 귀신이라도 나올 것 같은 표정이었다. 마치 피를 씻는 물소리가……

'아니야.'

헛소리였다. 그는 가만히 문을 지켜보았다. 문을 열어볼 자신이 없어서였을 수도 있고, 막연히 현실감이 없어서였을 수도 있었다.

문을 열고 나온 것은 선아였다. 길게 젖은 생머리를 수건으로 말리는 선아.

"오빠 웬일이야? 일찍 일어났네?"

그녀가 머리를 말리며 민호에게 물었다.

민호는 잠깐 동안 얼빠진 듯 그녀를 마주 봤다. 꿈이 아니었다. 그는 자리에서 벌떡 일어나 그녀를 꽉 껴안았다.

"보고 싶었어. 사랑해."

"뭐야." 선아가 약간 어색하게 그를 마주 안았다. "무슨 꿈이라도 꾼 거야?"

민호는 아무 대답도 하지 않고 가만히 선아를 끌어안았다. 사람을 죽인 오른손이 벌벌 떨려왔다.

행복한 하루하루가 흘러갔다.

더 이상 사고 당시의 꿈이 그를 찾아오지도 않았다. 민호가 제일 걱정했던 것이 그거였다. 막상 선아를 구해냈는데, 선아가 그 앞에 나타났는데, 다시 꿈을 꾸고, 선아를 구하지 못하고, 또다시 선아가 없는 하루가 시작되는 일. 오늘도 다행히 선아와 함께 하루를 시작했다. 석 달이 되도록 꿈을 꾸지 않았고, 그래, 적어도 겉보기엔 행복한 하루였다.

민호의 하루는 선와도 함께였지만 늘 깊은 죄책감과도 함께였다. 사람을 죽였다는 기억, 그 기분도 그를 항상 압도했다. 욱하고 저지른 일이지만 피를 본 민호의 손은 아직도 그 감각을 기억하고 있었다.

짜릿함과 통쾌한 쾌감을.

미쳤다. 인정할 수 없었다. 민호는 그날의 꿈 이후로 조금 이상해져 있었다. 스스로도 알고 있었다. 그는 이제 직장상사가 그를 갈굴 때마다, 문득문득 상사의 머리를 둔기로 내려치는 상상을 하고 있는 자신을 발견했다. 망치든 스패너든, 빌어먹을 변기 뚜껑이든 말이다.

살인에 대해 죄책감이 아니라, 그 죄책감을 느끼지 못하는 자신에 대한 죄책감. 빌어먹을. 무슨 소린지 이해하겠는가?

인정할 수밖에 없었다. 그는 확실히 조금씩 미쳐가고 있었다. 단지 직접 사람을 죽였기 때문만은 아니었고, 너무나 많은 이유가 있었다.

원래 사고가 나야 했던 다음 날, 결국 또 다른 지하철 참사가 일어났다. 죽었어야 했을 선아와 다른 사람들이 살아난 대신, 원래 죽지 않아도 됐을 또 다른 사람들이 희생된 셈이었다. 선아 대신 다른 사람들이 불태워진 것이다. 사실 민호는 남자를 직접 죽인 것보다 그 결과가 더 괴로웠다. 어떻게 보면 그 많은 사람들도 그가 죽인 것이나 다름없었다. 적어도 민호는 그렇게 생각했다. 그는 누군가가 결국 열차를 태워버렸다는 사실에 망연자실했고, 사고 당시의 뉴스에서 보여준 사람들의 실의에 찬 모습과 비통한 울부짖음을 도저히 잊을 수가 없었다.

어쩌면, 조금만 더 행복했더라면 이런 고민이 덜했을지도 몰랐다. 딱 2주일 전까지만 해도 그는 죄책감을 최대한 억누르며 살고 있었다.

나도 어쩔 수 없었다고 그렇게 믿으면서, 애써 세상을 외면하고 있었다.

얼마 전 민호는 선아가 뭔가 수상하다는 것을 눈치 챘다. 사실, 수상하다는 생각은 그 전부터 있었다. 그녀가 되돌아온 첫날부터 선아는 예전의 선아가 아니었다. 어딘지 거리감이 있고, 미묘하게 이질적인 느낌이었다. 민호를 예전만큼 사랑하지도 않았고 알게 모르게 어딘가 어색했다.

몇 년간의 고뇌 속에서 선아를 너무 미화시킨 건지도 몰랐다. 확실히 상대를 잃었던 고통과 그 간절함을 느껴본 것은 민호 혼자였다. 선아에게 있어서 민호는, 민호에게 있어서 선아만큼 소중한 존재가 아니었다.

또 어쩌면 지난 4년간. 민호가 기억하지 못하는 뒤바뀐 4년 동안 뭔가 일이 있었는지도 몰랐다. 단지 너무 긴 시간이 권태를 끌어왔을 수도 있었다. 민호는 애써 그렇게 생각했다. 그녀를 더 사랑해 주고, 소중히 아껴주고, 멋지게 결혼하면 달라질 거라 믿었다. 지금까진 억지로라도 그렇게 믿었었다.

처음에야 선아가 살아났고 그의 옆에서 잠이 든다는 것만이 중요했었지만…… 이젠 모르겠다. 어떻게 해야 할지 도무지 답이 나오지 않았다. 요 근래 배운 것이라곤 사람을 죽이거나 과거를 바꾸면 엄청난 응보가 따른다는 거였다. 업이라고 해야 할까. 그냥 어느 순간부터 미쳐 있는지도 몰랐다. 차라리 진짜 미치거나 이것마저 꿈이길 바랄 정도였다.

단도직입적으로 말하면 선아는 바람을 피우고 있었다. 과거 꿈에서, 선아와 처음 마주친 그 열차에서 민호를 잡아챘던 덩치 큰 남자. 민호는 그날의 기회를 무참히 불태운 그 싸가지의 얼굴을 똑똑히 기억하고 있었다. 확인해 본 바에 따르면,

선아는 그 새끼랑 바람을 피우고 있었다.

아주 오래전부터. 아마 열차에 불이 나기 전부터.

어디서부터 잘못된 걸까?

민호는 어찌할 바를 몰라 선아가 바람 피우는 사실을 모르는 척, 그저 행복한 척 하루하루를 보냈다. 선아와 웃으며 밥을 먹고, 함께 잠을 자고. 그렇게 자괴감, 자책감, 절망감, 손에 남아 있는 살인 충동 속에서 2주를 버텨냈다.

그러자 신이 내린 선물인 양 꿈이 찾아왔다.

3시 40분. 삼성역 입구.

이쯤 되면 뭐라도 할 수 있는 시간이었다. 그냥 다시 로또를 살 수도 있었고, 다시 테러범을 변기 뚜껑으로 내려치기에도, 좀 더 조용히 선아를 구하기에도 충분했다.

'그리고 뭔가 다른 일들을 벌이기에도.'

아니야! 빌어먹게도 그는 아직 죽이고 싶을 만큼 선아를 사랑했다. 집착일 수도 있었다. 그의 오른손은 의지와 상관없이 기대감에 부들부들 떨려왔다. 어떻게 해야 할까. 민호는 불현듯 미소를 지으며 고민했다.

그런데 만약에, 정말 만약에. 내가, 여기서, 선아를 구하지 못하면. 꿈에서 깼을 때 선아는 사라져 있을까?

세이브

제1회 우수상 수상작

PC 게임의 저장 기능을 차용해 긴 분량을 축약한 것이 아니라 단편의 깔끔한 서사로 풀어낸 작법이 매력 있다. —조원희(영화감독)

1

    빨간 페라리 한 대가 테헤란로 위를 질주하고 있다. 길을 가던 사람들이 대기를 뒤흔드는 엔진음에 고개를 뒤로 돌렸다가 빠른 속도로 지나가는 차량을 따라 원위치로 돌아왔다. 그러자 이번에는 경찰 사이렌 소리가 들려왔다. 우르르 몰려가는 경찰차들은 우사인 볼트를 뒤쫓는 마라토너처럼 보였다.

    길 가던 사람 중 스물일곱 명은 무슨 일인가 싶어 휴대전화로 검색을 해보았고, 〈긴급〉 대담한 나 홀로 은행털이범 경찰 추격 중'이라는 기사를 접할 수가 있었다. 기사에는 동영상이 함께 실려 있었는데, 월 십만 원에 육박하는 무제한 데이터요금을 사용하는 세 명만이 그것에 손가락을 가져다 댈 수 있었고, 재생되는 동영상을 놀랍다는 표정으로 바라보았다.

오토바이 헬멧을 쓴 남자는 K2 소총으로 하늘을 향해 위협사격을 가하고는 은행직원들 하나하나에게 뭐라뭐라 지시를 내렸다. 그것은 마치 사장이 부장에게, 부장이 과장에게, 과장이 대리에게, 대리가 사원에게 지시를 내리는 것처럼 물 흐르듯 자연스러웠는데, 은행직원들이 그의 지시에 따라 일사불란하게 움직이자 그가 던져준 자루에 돈다발이 차는 것은 일도 아니었다.

그 동영상의 백미는 남자가 창구 쪽으로 훌쩍 뛰어넘어 와 책상 밑의 버튼, 그러니까 경찰에게 신고를 할 때 쓰는 것으로 보이는 버튼을 직접 누르는, 교만인지 자만인지 혹은 개인적인 일탈인지 모를 행동이었다.

동영상을 본 사람들은 동영상을 보고 난 총평과 페라리의 먼 뒤꽁무니를 찍은 사진, 그리고 무능한 경찰 운운하는 욕을 인터넷에 올렸는데, 그 중 하나가 원중의 눈길을 끌었다.

'이 사람 지금 자기가 하는 게 무슨 게임인 줄 아나 본데요?'

세상 참 좋다. 여기저기 연결되어 있지 않은 곳이 없었다. 원중은 휴대전화를 조수석에 내려놓고 핸들을 틀어 중앙선을 넘어갔다. 맨 뒤꽁무니에 붙어 있던 차가 반대 차로를 타고 앞으로 기어 나오자 운전자들의 입에서 맹렬한 욕지거리가 튀어나왔다가 아아, 하는 탄식으로 바뀌었는데, 그도 그럴 것이 그 차종의 앞에는 두 발로 선 검은 말 한 마리가 떡 하니 박혀 있기 때문이었다.

성공이었지만 사실 좀 난감했다. 은행털이가 이렇게까지 난이도가 높은 작업일 줄은 몰랐다. 은행에서의 행동을 하나의 매끄러운 동선으로 만드는 데에만 십 수 번의 시도가 필요했다. 엉겁결에 은행직원을 총으로 쏴버린 적도 있었고, 경찰이 들이닥쳐 대치 상황에 접어들기도 했으며, 준비한 자루가 커서 혼자서는 도저히 옮길 수가 없어 포기한 경우도 있었다. 그렇게 은행을 터는 데에만 집중하다 보니 막상 성공 후에 해야 할 일들에 대해서는 헤아려 놓은 바가 없었다.

지금 몰고 있는 빨간 페라리도 문제였다. 경찰을 따돌리는 데에는 적합했으나 따돌리고 난 후에는 아무런 쓸모가 없었다. 자신의 몽타주가 프린트된 티셔츠를 입고 돌아다니는 수배자나 진배없었다.

'다시 시작해?'

원중은 대시보드에 얌전히 올려 있는 '그것'을 물끄러미 바라보았다. 그러나 다음 순간 지금까지의 개고생이 떠올랐다. 다시 시도한다고 해서 지금보다 나은 결과를 낼 거라는 보장이 없었다.

조금 더 두고 보기로 마음먹었다. 원중은 '그것' 옆에 놓인 담배쪽으로 손을 뻗었다. 담배의 첫 모금을 깊숙이 빨아들이는데 백미러를 통해 살짝 경사진 뒤쪽 도로에서 경찰차가 떼로 몰려 내려오는 것이 보였다. 원중은 담배를 던져버리고 신호가 바뀌는 동시에 가속페달을 밟았다. 부우웅! 굉음과 함께 상체가 좌석에 파묻혔다. 다음 번 교차로가 단 몇 초 만에 눈앞으로 다가왔다. 원중은 핸들을 꺾었다. 페라리의 낮은 차체는 별다른 쏠림현상 없이 도로와 밀착된 채 차량을 이리저리 피하며 광란의 질주를 다시 시작했다.

이제 빨간 페라리는 논현과 신사를 지나 한남대교를 향해 달려가고 있다. 경찰의 추격을 제외하고는 주위에 차가 한 대도 없었다. 원중은 경찰이 몰아가는 방향이 다리 쪽임을 깨달았다.

'어쩌려는 거야? 다리라도 끊어 놓으셨나?'

원중의 이맛살이 잔뜩 우그러졌다. 어쩐지 불길한 예감이 들었다. 다른 곳도 아니라 한남대교라니…… 옆길로 빠져 압구정 쪽으로 갈 생각이었지만, 유류 게이지가 거의 바닥을 가리키고 있는 걸 보고는 마음을 고쳐먹었다. 더 이상 일을 진행시키는 것은 의미가 없어 보였다. 원중은 경찰이 원하는 대로 한남대교를 향해 페라리를 몰아갔다.

다리 초입에서 일단 차를 멈춰 세웠다. 다리의 허리께는 소위 닭장차로 불리는 전경버스로 가로막혀 있었다. 일렬로 주차된 버스들은 종이 한 장 비집고 들어가기 버거울 정도로 앞뒤 간격이 조밀했다. 기가 막히면서도 한편으로는 수긍이 가는 대응이었다. 어디선가 촛불이 타들어가는 듯한 냄새가 나는 것도 같았다. 버스 지붕에서 무언가 꿈틀대고 있는 것이 보였다. 엎드려 있는 사람, 즉 저격수였다. 메가폰으로 투항을 권유하는 목소리가 들려왔다. 어느새 머리 위로는 헬기가 선회하고 있었다. 뒤쪽에서 사이렌 소리와 타이어가 아스팔트에 미끄러지는 소리가 요란하게 들려왔다. 원중의 입가에서 비릿한 웃음이 새어나왔다. 이 판은 막판에 아주 개판이었다.

원중은 가속페달을 발가락에 힘까지 줘가며 꾹 눌렀다. 아무리 개판을 쳐도 원상태로 돌아갈 수 있으니 걱정할 필요가 없었다. 다리의 4분의 1 지점을 지나며 원중은 손을 뻗어 '그것'을 집었다. 그런데 버튼을 누르려고 엄지를 들어 올리는 순간, 그만 놓쳐버리고 말았다. 원중은 얼른 고개를 숙여 바닥을 더듬었다. 그 순간 쐐액, 하는 소리와 함께 총탄이 날아와 운전석 머리받이에 박혔다. 동시에

탕! 하는 총소리가 들렸다. 원중은 기겁을 하며 필사적으로 바닥을 훑었다. 죽어도 죽으면 안 된다는 생각이 머릿속을 맴돌았다. 마침내 '그것'이 손에 집혔다. 그는 지체 없이 버튼을 눌렀다.

2

그 날, 원중은 한남대교로 갔다. 다리를 건너기 위해서는 아니었다. 그렇다고 죽으러 간 것도 아니었다. 뛰어들지는 않겠지만, 뛰어내리는 상상을 하고 서 있으면 정신이 바짝 들 것 같았다. 다리 위는 컴컴한 가운데 굽은 가로등이 드문드문 오렌지빛을 뿌리며 서 있어 자못 감상적인 느낌이 났다. 헌병초소를 지나 본격적인 다리 위로 접어들자 바람이 심하게 불어왔다. 3월의 봄밤은 겨울의 꼬리를 물고 있었다.

아내가 일하는 곳은 다리 건너 백화점이었다. 원중은 다리 이쪽의 프랜차이즈 레스토랑에 다니고 있으니 그리 멀리 떨어진 곳도 아니었다. 그럼에도 원중은 강을 넘어가 본 적이 별로 없었다. 아내는 그가 찾아오는 것을 싫어했다. 물론 말은 안 했지만 시선을 자주 그의 어깨너머로 넘기는 아내를 보며 그런 것쯤은 짐작할 수가 있었다.

"난 네가 좋아하는 일이라면 뭐든지 할 수 있어······"

원중의 입에서 나지막한 노랫가락이 흘러나왔다. 아내와 연애를 할 때 입에 달고 살던 곡이었다. 그때가 좋았다. 정말 뭐든지 할 수 있을 것 같았다. 그런데 결혼을 하고 두어 달 살고 나자 아내는 천사에서 전사로 돌변했다. 요즘엔 아내가 싫어하는 일을 피하는 것에 초점을 두고 살고 있다.

강 건너 스카이라인을 불구경하듯 바라보며 걷고 있는데 문득 다리 난간 위에 사람이 서 있는 것이 보였다. 검은색 슬림핏 슈트를 말끔히 차려입은 남자였다. 강한 바람에 슈트자락이 폭 좁은 깃발처럼 격렬히 펄럭였고, 그에 따라 남자의 몸은 휘청거렸다. 원중의 걸음이 슬그머니 늦춰졌다. 설마하니 다리에서 뛰어내리려는 사람이 있을 줄은 꿈에도 몰랐다. 원중은 다리에 온 것을 후회했다. 거긴 왜 갔어? 라고 아내가 물어오면 뭐라고 답해야 할까?

'왜가리라고 있는데 말이지. 걔가 봄이 되면 한강에 찾아온다나 봐. 그래서 몇 마리나 왔나 한 번 가봤지. 안 그러면 내가 거길 왜 가리? 하하하.'

그러나 그건 망상 속에서나 가능한 헛소리였다. 현실에선 왜가리 입에 물린 조개처럼 입을 꽉 닫고 있을 것이 분명했다.

죽은 사람 살리는 법은 없어도 죽으려는 사람은 말릴 수가 있었다. 자살방조죄던가? 죽으려는 사람을 막지 않으면 벌을 주는 법도 있었다. 그래, 아무리 삶이 각박해도 사람이 죽으란 법은 없지. 원중은 크게 숨을 들이켜고 내쉬며 호흡법을 가다듬었다.

"저기, 아저씨……"

일단 불렀지만 다음 말은 생각해 둔 것이 없었다.

"그냥 가던 길 가세요."

남자는 원중 쪽을 돌아다보지도 않고 말했다. 가라고 했으니 가면 됐지만, 발길이 떨어지지 않았다. 한껏 아부를 떨려다가 거절을 당한 모양새였다. 원중은 부아가 치미는 이상한 기분을 느꼈다.

"가던 길이 없어요. 그러는 아저씨는 어디 가시는 길인데요?"

그제야 남자는 원중을 바라보았다.

"죽을래요?"

원중은 흠칫 놀랐다. 그러나 남자의 억양에 시비를 거는 투가 섞여 있지는 않았다.

"죽으러 온 거 아니에요?"

남자가 재차 물었다. 그때, 남자의 몸이 뒤로 크게 기우뚱 기울었다. 남자는 몸을 원위치 시키기 위해 턱을 주욱 내밀고 팔을 휘저었다. 그러자 이번에는 남자의 몸이 앞으로 기울었다. 남자는 턱을 당긴 채 엉덩이를 바짝 끌어당겼다. 그렇게 그네타기를 몇 번 반복하고서야 남자는 몸을 멈출 수가 있었다.

"와, 죽을 뻔했네!"

남자가 말했다.

"위험하게 거기 서 있지 말고 이리 와서 얘기 좀 해요."

원중이 말했다.

"하나도 안 위험해요. 볼래요?"

남자가 씨익, 웃어 보이더니 바짓주머니에 손을 찔러 넣고는 그대로 점프를 했다. 남자는 허공에서 다리를 들어 올려 무릎을 구부렸다. 남자의 몸은 중력에 의해 떨어졌으며, 남자의 엉덩이가 난간에 부딪혔다. 순식간에 남자의 몸은 난간 위에 걸터앉은 자세가 되었다. 원중은 입을 떡 벌린 채 남자가 보통 사람이 아니라는 것을 깨달았다. 최소 서커스 단원이었다.

"사실 세 번 실패했어요. 그 쪽이 본 건 네 번째 시도였고 보기 좋게 성공했죠."

무슨 말을 하는 건지 알 수가 없었다. 남자는 원중이 이해하건 말건 계속 혼잣말을 했다.

"강물로 뛰어내린 건 아까 것이…… 음…… 두 번째였네요. 잘 안 죽더라고요. 물만 무진장 먹었죠."

남자는 헛구역질을 했다. 그리고 조용해졌다. 위험한 침묵이라는 생각이 들었다. 원중은 대화를 이어나가고자 애썼다. 삶은 아름답다는 둥, 가족을 생각해 보라는 둥, 자살하면 보험처리가 안 될 거라는 둥…… 원중의 말이 다리 위를 둥둥 떠다녔다.

"그래 이것 때문이었어."

먼 곳을 응시하던 남자가 중얼거렸다. 남자는 몸을 돌려 사뿐히 다리 위로 내려섰다. 원중은 그 쪽으로 천천히 다가가며 남자를 붙잡을 기회를 엿보았다.

"뭐든 한 번에 끝나는 게 좋아요."

뒷걸음질을 치던 남자가 바짓주머니에서 뭔가를 꺼내 원중에게 던졌다. 받아보니 차량 원격 잠금장치처럼 생긴 물건이었다.

"이게 뭐죠?"

원중이 물었다.

"이름은 저도 몰라요. 이제 필요 없으니 가지세요."

그것이 남자의 마지막 말이었다. 원중이 어리둥절해하고 있는 사이, 남자는 도움닫기를 하더니 손으로 난간을 짚고는 도약했다. 남자의 몸은 순식간에 원중의 눈높이에서 사라졌다. 원중은 깜짝 놀라

난간 쪽으로 달려가 아래를 내려다보았다. 그러나 하얀 포말로 이루어진 강의 구멍만이 보일 뿐이었다.

3

아이스커피를 만들어 먹었다. 선풍기를 꺼내고 에어컨 청소를 하려다가 좀 쉬기로 했다. 원중은 아내에게 전화를 했다. 그러나 아내는 전화를 받지 않았다. 백화점 내에서 전화를 받는 것은 금기사항이었다. 신호음 일곱 번 만에 전화를 끊었다. 받지 않는 전화를 오래 붙들고 있으면 아내는 짜증을 냈다.

남들 쉬는 주말이 대목인 서비스업의 특성상 평일이 휴일이었다. 그것은 아내도 마찬가지였다. 결혼 초반에 둘은 휴무를 맞추려고 노력했지만, 월, 화, 수, 목, 금이라는 선택지는 쉬어야 할 사람과 사정에 비해 턱없이 모자랐다. 아내가 그 문제로 같이 일하는 여자와 척을 지게 된 이후로 자연스레 스케줄은 각자 알아서 정하고 통보하는 식으로 바뀌었다.

점심에 뭘 먹을지 고민하다 콩국수를 떠올렸다. 시원하고 고소한 콩 국물에 쫄깃한 면발. 콩국수를 시켜먹기 위해 냉장고에 붙은 전단지를 둘러보았으나 콩국수는 찾을 수가 없었다. 그러나 원중의 머릿속에는 콩국수 이미지, 두툼하게 썬 토마토와 계란 고명이 올라간 그림이 생겨나 있었다. 원중은 책상 앞으로 돌아왔다. 아이스커피의 얼음은 모두 녹아 있었고 컵에서 배어 나온 물방울이 책상 위를 적시고 있었다.

콩국수 그림을 본 것은 주방 쪽이 아니라 지금 서 있는 건넛방 쪽이었다는 것을 깨달았다. 원중은 책상 서랍을 열어보았다. '중화루'라는 이름의 붉은색 전단지가 보였다. 전단지를 열어보니 콩국수 그림, 머릿속을 떠돌고 있던 이미지와 흡사한 그림이 그려져 있었다. 하지만 여름특선 요리였기 때문에 지금 시키면 받아먹을 수 있는지 어떤지는 알 수 없었다. 전단지를 다시 서랍 안에 집어넣는 과정에서 원중의 눈길이 '그것'과 맞닿았다.

'그것'의 버튼은 두 개였다. 버튼 위에는 어떤 글자가 적혀 있었는데 손가락이 닿았을 부분이 타원형으로 지워져 있었다. 그래서 왼쪽, 오른쪽 테두리의 글자만 어렴풋이 보였다. 위쪽 버튼은 'ㅈ'으로 시작하여 'ㅣ'으로, 아래쪽은 'ㅂ'으로 시작하여 역시 'ㅣ'로 끝나고 있었다. 원중은 위쪽 버튼을 눌러보았다. '그것' 내부에서 떨어져 있던 무언가가 접촉되었다는 느낌이 들었지만 아무런 일도 일어나지 않았다.

이상한 일은 아래쪽 버튼을 눌렀을 때 찾아왔다. 분명히 아래쪽 버튼을 눌렀는데 어느새 손가락이 위쪽 버튼에 놓여 있는 것이었다. 원중은 남자의 입에서 흘러나온, 도무지 무슨 소리인지 알아먹지 못하겠던, 새의 지저귐 같은 지껄임을 떠올렸다. 이해를 못 했기에 잘 기억나지는 않았지만, 뭔가 '시도'에 관한 말이었던 것 같았다. 원중은 다시 시도해 보았다. 살포시 아래쪽 버튼을 눌렀다. 이번에도 역시 원중의 손가락은 위쪽 버튼에 올라가 있었다.

드드드득! 놀란 원중의 척추가 꼿꼿이 섰다. 드드드득, 드드드득…… 책상 위에 놓여 있던 휴대전화였다. 액정에 뜬 발신자는 아내였다.

"전화했었어?"

아내의 목소리는 매가리가 없었다. 짝 잃은 왜가리처럼.

"왜 힘이 없어?"

"그냥 좀 피곤해서."

"오늘 저녁에 외식할까?"

"별로 생각 없는데…… 집에 가서 침대에 눕고 싶어. 아무것도 안 하고."

"내일 쉰다고 했지?"

"응."

"먹고 싶은 거 있어? 뭐 만들어 놓을까?"

"음…… 게살 스프!"

지난번 생일 때 대게 대신 게맛살을 넣어 끓여준 적이 있었다. 알았다고 대답하고서 냉장고에 게맛살이 있는지 생각하고 있는데 아내가 기분이 풀어진 듯 한층 밝아진 목소리로 말했다.

"뭐하고 있었어?"

원중은 오른손에 들린 '그것'을 물끄러미 바라보았다.

"청소…… 이제 좀 있으면 여름이니까."

"그럼 나 내일 아무것도 안 해도 돼?"

"숨은 쉬어야지. 간간이 내 생각도 하고."

아내가 깔깔대며 웃었다.

"그거야 내 전문이지. 헤헤."

전화를 끊고 나자 활력이 느껴졌다. 원중은 자신이 아내를 사랑하고 있음을 새삼 깨달았다. 타인의 활력이 나의 활력으로 치환되는 과정은 현실에 있는 환상이었다. 문득 냉장고에 게맛살이 있다는 사실이 떠올랐다. 어쩌면 아내는 냉장고 안에 있는 재료를 토대로, 원중이 만들기 편한 음식을 입에 올렸을는지도 몰랐다. 원중은 한결 가벼워진 기분으로 '그것'의 버튼을 눌러보았다.

4

'삼, 사, 이십삼, 삼십삼, 삼십사, 삼십팔'

텔레비전을 응시하며 주문을 외듯 번호를 외었다. 로또 1등 번호였다. 훤칠한 키의 남자 아나운서가 또박또박한 발음으로 다시 한번 번호를 불렀다. 적당히 몰려 있고 생년월일이나 기념일 조합 등으로 만들어내기 어려운, 느낌이 좋은 번호였다. 어쩌면 1등이 여럿이 아니라 하나만 나올 수도 있었다. 물론 그 1등은 원중 자신일 터였다.

"뭐가 그리 싱글벙글이야?"

아내가 뾰로통한 얼굴로 말했다. 원중은 외출을 하자는 아내를 어르고 달래느라 진을 뺐다. 모처럼 토요일에 휴무를 맞춰 잡았으니 그럴 만도 했다.

"이게 뭐게?"

원중은 '그것'을 아내에게 보여줬다. 아내가 손을 쭉 뻗어 이리 줘

보라는 시늉을 했다. 원중이 손을 등 뒤로 감추었다.

"안 돼. 보기만 해."

"나 참. 안 봐."

아내는 유치하다는 듯 팔짱을 낀 채 텔레비전 쪽으로 시선을 돌렸다. 그래도 '그것'을 아내의 손에 쥐어 줄 수는 없는 노릇이었다. 버튼을 잘못 누르기라도 하면 오늘 하루의 기다림이 말짱 도루묵이 될 터였다. 원중은 아내 옆으로 바투 다가가 앉고는 어깨에 팔을 둘렀다. 그리고 최대한 팔을 뻗어 아내에게서 멀리 떨어지도록 한 후 '그것'을 보여주었다. 둘은 마치 셀카를 찍는 포즈가 되었다.

"여기 봐봐. 위쪽 버튼에 지읒하고 기…… 밑에는 비읍에 울…… 그래서 불하고 기. 이게 뭐냐 하면 '저장하기'하고 '불러오기'야. 위에 걸 누르면 저장이 되고 아래 거는 불러올 때 쓰는 거야."

몸을 살짝 비틀어 뺀 아내는 원중의 옆얼굴을 말똥말똥 쳐다보았다.

"내가 한 시간 전에 편의점 앞에서 '저장하기'를 눌렀거든? 그러니 이제 '불러오기'를 누르면 뿅하고 한 시간 전으로 내가 돌아가는 거야. 편의점 앞으로."

원중은 고개를 돌려 아내를 쳐다봤다. 개소리를 듣는 닭 같은 표정이었다. 원중은 개의치 않고 말을 이었다.

"이게 무슨 소리냐면 오늘 내가 로또 1등에 당첨된다는 얘기야. 그래도 무슨 소린지 모르겠지? 모를 테지…… 모를 거야…… 암, 모르고말고……"

"자기야."

"응?"

"아무래도 좀 맞아야 될 것 같아."

딱! 아내가 손바닥과 손목이 이어지는 부분으로 원중의 이마를 쳤다. 그러나 하나도 아프지 않았다. 원중은 하늘로 올라갈 때가 된 영혼이 지을 법한 표정으로 아내를 바라보았다.

"이따 봐."

그리고 '불러오기'를 눌렀다.

편의점 안으로 들어갔다. 덩치가 좋은 여자 알바생이 삼각 김밥과 도시락을 진열하고 있었다. 원중은 카운터에서 로또 용지를 뽑아 들고 창가의 바 형 테이블로 갔다.

'삼, 사, 이십삼, 삼십삼, 삼십사……'

마지막 번호가 36이었는지 38이었는지 헷갈렸다. 쪽지를 적어 올 수 있으면 좋으련만, 저장해 놓은 시점으로 어떤 물체를 가져오는 것은 불가능했다. '그것'이 작동하는 방식은 여타의 시간여행 메커니즘과는 달랐다. 말 그대로 저장해 놓은 그 상태를 불러오는 것이었다.

결국 38을 칠했다. 번호를 외울 때 삼팔선을 껴놓았는데, 그것이 떠오른 것이었다. 흡족한 얼굴로 검은 칠을 바라보던 원중은 어차피 1등이 될 것이라면 보다 많은 일등이 되는 것, 즉 여러 게임을 하는 것이 유리하다는 것을 깨달았다. 그는 용지의 나머지 칸도 똑같은 번호로 칠했다.

집으로 돌아오는데 후드득 빗방울이 쏟아지기 시작했다. 의아한 일이었다. 날이 흐리긴 했지만, 저장을 하기 위해 편의점으로 갔다 돌아오는 시점엔 비가 오지 않았더랬다. 원중은 편의점에서 번호를 기재하고 계산을 하는 등으로 시간을 지체한 덕분이라 생각했다. 집에 돌아온 후 비가 내렸던가? 잘 기억이 나질 않았다. 원중은 양 손을 추리닝 주머니에 찔러 넣고서 쫄래쫄래 뛰기 시작했다. 셀 수 없는 무수한 빗방울이 그의 머리를, 어깨를, 가슴팍을, 배를, 허벅지를, 무릎을, 정강이를, 발등을 적셨다.

5

'오, 칠, 이십, 사십, 사십일, 사십사…… 씨발'

원중의 생각 속에서 욕지기가 튀어나왔다. 1등? 1등은커녕 번호 하날 못 맞췄다. 이로써 여섯 번째 시도였다.

"당신 로또 샀어?"

부엌에 있던 아내가 원중 쪽으로 다가오며 물었다. 세 번째부터는 아내를 텔레비전 앞으로 끌어다 앉히는 수고를 마다했다. 헛수고였으니까.

"왜? 아까워?"

날 선 말이 원중과 아내 사이의 허공을 갈랐다. 아내는 정지화면처럼 원중을 물끄러미 쳐다보다간 등을 돌렸다. 후회가 밀려왔지만 곧 지워졌다. '그것'이 있는 한 후회할 필요가 없었다. 설령 아내에게 손찌검을 한다 해도 그 이전 시점으로 되돌아가 버리면 그만이었다.

원중은 남자를 만나던 상황을 떠올렸다. 남자의 말에 의하면 남자는 다리에서 뛰어내리는 시도를 여러 번 한 상태였다. 그때마다 원중이 다리에 도착했다면 남자가 자신을 알아봐야 하는 것이 정상이었다. 그렇지만 남자는 원중을 처음 보는 듯 대했다. 바꿔 말하면 그 만남이 있기 전의 원중은 한남대교로 향하지 않았다는 뜻이었다. 언뜻 이해가 가지 않았다. 분명 원중은 자신의 의지를 두 다리에 신고서 다리로 터벅터벅 걸어가지 않았던가?

실험을 해보기로 했다. 원중은 안방으로 들어갔다. 문을 닫고 발라당 침대에 드러누웠다. 이불을 뒤집어쓰고 이어폰을 낀 후 음악을 크게 틀었다. 그리고 '저장하기'를 누르고서 노래 한 곡이 끝날 때까지 기다렸다가 밖으로 나가보았다. 아내는 딸기를 먹으며 드라마를 보고 있었다. 원중은 '불러오기'를 눌렀다. 노래를 한 곡 듣고 다시 나가보았다. 아내는 딸기를 먹으며 예능 프로그램을 보고 있었다. 반복할수록 여러 경우들이 생겨났다. 딸기 접시만 덩그러니 놓아두고 화장실에 간 경우도 있었고, 부엌 찬장에서 설탕을 꺼내고 있는 경우도 있었다.

이런 식이라면 로또 번호를 맞추지 못하는 것은 당연한 귀결이었다. 게임을 생각해 보면 간단했다. 게임은 소설이나 영화처럼 선형으로 이루어진 세상이 아니므로, 저장해 놓은 시점으로 돌아가더라도 미래를 예측할 수 없었다. 다만 저장하기와 불러오기를 오가며 축적된 플레이어의 노하우와 도전 횟수의 증가로 인해 성공 확률을 높일 수는 있는데, 로또의 경우에는 노하우랄 게 없으니 도전 횟수를 늘리면 언젠가는 당첨될 수도 있을 거였다. 그러나 발목을 잡는 것은 확률이었다. 로또의 당첨확률은 814만 분의 일이었다. 로또를 구매하고 추첨을 기다리는 시간을 한 시간으로 잡으면 814만 시간이 필요하다는 소리였다. 한마디로 불로소득은 물 건너갔다는 뜻이었다.

쓸쓸한 입맛을 다시고 있는데 문이 벌컥 열리며 아내가 들어왔다. 아내는 원중 쪽으로는 눈길도 주지 않은 채 충전기에 꽂아놓은 휴대전화를 거칠게 확 잡아챘다. 화가 나 있다는 뜻이었다. 원중은 '불러오기'를 누르려다가 멈칫했다. 실험을 한답시고 아내의 화를 돋운 이후로 저장 시점을 끌어당긴 것이 떠올랐다. 한번 저장하면 돌이킬 수가 없었다. "왜? 아까워?"라니 미쳐도 단단히 미쳤다.

"살려주세요."

그날, 원중은 반도체 칩처럼 납작 바닥에 붙어 있어야 했다.

6

"십일, 십사, 이십이, 삼십, 사십, 사십이…… 진짜네?"

아내의 눈이 휘둥그레졌다.

"그럼 진짜지 가짜냐?"

얼른 로또를 지갑에 넣었다.

"어떡하지? 어떡하지? 뭐하지? 뭐하지? 이제 우리 뭐해야 돼?"

원중은 아내를 진정시켰다.

"다른 건 생각하지 말고 오늘만 생각해. 오늘이 세상 마지막 날이라면…… 뭐 할래?"

아내는 꺄악! 소리를 지르더니 원중을 부서져라 끌어안았다.

포기하니 편했다. 원중은 '그것'을 피로 회복과 스트레스 해소에 사용하기 시작했다. 이를테면 아침에 문을 나서는 시점에 저장을 해놓고서 출근을 하지 않는 것이 그에 해당했다. 그럴 때면 그는 전화기를 꺼놓고 온종일 거리를 쏘다녔다. 혹은 비싸서 평소엔 먹지 못하는 음식들을 사먹기도 하였다. 아내가 갖고 싶어 하던 것을 사는 때도 있었고, 온종일 집에서 꼼짝 않고 빈둥대기도 했다.

오늘은 일을 크게 벌려보았다. 어제 원중이 만든 까르보나라에서 머리카락이 나왔다. 토마토소스 스파게티였다면 넘어갈 수도 있었을 텐데…… 총괄매니저에게 판판이 깨지고 나서 그는 휴대전화 속 달력을 들여다보았다. 달력 앱에 체크한 바에 따르면 마지막 저장을 한 것은 보름 전이었다. 그간의 경험으로, 그는 그 시점으로 돌아가는 것이 능사가 아니라는 것을 알고 있었다. 우선 보름 동안 다른 실수가 툭 튀어나오지 않으리란 보장이 없었다. 또한 보름을 견딘다는 것은 그만큼 근무시간이 늘어난다는 것이기도 했다. 한 달이 45일이 되는, 끔찍한 일이 벌어지는 거였다. 그는 집으로 돌아오는 길에 편의점에 들렀다. 그리고 지난 주 당첨번호를 로또 용지에 기재해 넣었다.

황당하게도 아내는 출근을 하려 했다. 로또는 로또고 출근은 출근이라는 거였다. 원중은 아내를 설득했다.

"자기야, 내일부터는 나도 출근할게. 이런 식이면 로또가 무슨 소용이야? 오늘 하루는 즐기자, 응?"

아내의 얼굴에서 망설임이 토스된 배구공처럼 떠오르자 그는 스파이크를 때려 넣었다.

"몰라. 가려면 혼자 가. 나는 못 가. 아니 안 가. 배 째!"

무려 일곱 통이나 전화를 돌린 아내와는 달리 원중은 단 한 통의 전화를 총괄매니저에게 넣었다.

"오늘부터 안 나가요. 수고하쇼."

원중은 전화를 끊고 나서 통쾌함에 바닥을 데굴데굴 굴렀다.

둘은 반나절을 쇼핑으로 보낸 후 집으로 돌아와 옷을 잘 차려 입고 예약해 놓은 호텔로 향했다.

"참, 예쁘다. 꿈만 같아."

한 손은 커튼을 부여잡고, 또 한 손은 유리창에 댄 채 야경을 바라보던 아내가 말했다. 원중은 아내 뒤로 다가가 허리를 끌어안고서 유리창에 대고 있던 아내의 손 위에 자신의 손을 겹쳐 올렸다. 아내가 그에게 몸을 내맡기며 읊조렸다.

"근데, 이제 우리 뭐하지?"

"여긴 호텔이고, 우린 부부야. 그럼 뭘 할까?"

"그 얘기가 아니라. 이제 뭐할 거냐고, 그 돈으로……"

무얼 하고 자시고 할 건덕지가 없었다. 아내의 느낌대로 꿈이니까.

"그 얘긴 내일, 내일부터 천천히 하자."

원중은 아내를 들어올렸다. 아내의 몸은 무척이나 가벼웠다. 침대 위에 눕히자 아내가 그윽한 눈빛으로 그를 바라보았다. 침대로 올라가 아내의 몸 위로 몸을 포개는데 그의 입에서 한 단어가 반사적으로 튀어나왔다.

"콘돔!"

아내가 픽, 웃으며 그의 몸을 끌어당겼다.

"우리 이제 아기 갖자."

나지막한 속삭임이 그의 귓속을 간질였다.

다음날 아침 아내가 원중을 흔들어 깨웠다. 시계를 보니 일곱 시
였다. 호텔에서 제공하는 조식을 먹고 출근하자는 거였다. 잠투정하
는 아이처럼 고개를 흔드는 그에게 아내는 무조건 그래야 된다고 못
을 박았다. 그러나 그에겐 출근할 곳이 없었다. 아내가 욕실로 들어
가자 그는 '불러오기' 버튼에 엄지를 얹은 채 뻐끔뻐끔 담배를 피웠
다. 길어진 담뱃재가 더 이상 버티지 못하고 침대보 위로 툭, 떨어졌
다. 꿈에서 깰 시간이었다.

7

'그것'으로 하는 장난은 점차 줄어갔다. 원중은 '그것'을 봉인하다
시피 서랍 속 깊숙한 곳에 넣어두었다. 기간을 길게 보고 사용해 보
자는 거였다. 언젠가 그는 먼 과거, 그러니까 초등학생 시절쯤으로
돌아갈 수 없다는 것을 안타깝게 여긴 적이 있었는데, 거기서 이 아
이디어가 나왔다. 지금 그의 나이 스물아홉이니 마흔이나 쉰쯤에
이 시기로 돌아올 수 있다면 많은 것을 바꿀 수 있지 않나 싶었다.

그러나 '그것'의 유혹은 낱개 포장된 초콜릿처럼 집요했다. 원중이
기름에 크게 데인 적이 있었고, 아내가 진상고객에게 머리채를 휘어
잡히기도 하였다. 그럴 때면 그는 '그것'의 도움을 받지 않을 수가 없

었다. 또 그렇게 한 번 쓰고 두 번 쓰다보면 에라 모르겠다는 식으로 스트레스 해소와 쾌락을 위해 손을 뻗곤 하였다. 그러고 나면 허탈한 감정이 찾아왔는데, 그는 그것을 해탈로 착각하고는 했다.

8

덜컹. 태풍이 상륙하는 소리가 베란다 유리문을 통해서 들려왔다. 원중은 에어컨을 끄고 선풍기를 틀었다. 선풍기 바람소리가 찻잔 속 태풍처럼 고요히 내부의 대기를 흔들었다. 선풍기에도 태풍처럼 눈이 있었다. 원중은 선풍기 한가운데, 상표가 적혀 있는 그곳을 노려보았다. 어쩌면 세상의 불공평은 높낮이가 아니라 중심과 가장자리, 불어오는 바람의 차이에서 오는 것인지도 몰랐다.

삶의 불안은 언제나 미래로부터 온다. 과거와 현재는, 가끔 투덕거리긴 해도, 그래서 불만이기는 해도 불안하지는 않다. 프랜차이즈 레스토랑에서 앵무새처럼 레시피를 외어 다람쥐 쳇바퀴 돌 듯 음식을 내어놓는 남자. 백화점에서 유니폼을 입고서 인형처럼 웃으며 상품을 소개하고 고객을 상대하는 여자. 그들이 내어놓을 수 있는 미래란, 둘 셋은 버거운, 한 아이의 부모 정도였다. 그렇게 자라난 아이의 미래 역시, 아들이냐 딸이냐에 따라 달라질 뿐, 그들의 과거와 별다를 바 없는 궤적을 그릴 테고……

그런데 '그것'으로 미래를 바꿀 수가 없다니! 더 미치겠는 것은 태풍이 자신의 손아귀에서 선풍기 바람으로 전락해 버리지 않았나 싶은 자괴감이었다.

다리 위에서 본 남자의 풍모는 고난과 친구를 먹은 듯 보였지만, 가난과는 거리가 있어 보였다. 원중은 남자가 분명히 '그것'을 통해 부를 부여잡았을 거라 믿었다. 태풍의 눈으로 들어가려면 태풍을 거쳐야 하는 것은 당연지사였다.

"난 네가 좋아하는 일이라면 뭐든지 할 수 있어……"

원중은 노래를 불렀다. 베란다 문을 열자 바깥의 박한 공기가 순식간에 내부의 순박한 공기를 집어삼켰다. 원중은 '그것'을 쥐고서 베란다로 나갔다. 빗방울이 클레이모어 폭발 후의 쇠구슬처럼 전면에서 그를 타격했다. 아래를 내려다보았다. 우산을 파라솔처럼 비스듬히 기울인 행인들이 더딘 행렬을 이루고 있었다. 원중은 '저장하기'를 눌렀다. 그리고 뛰어내렸다.

9

"당신 요즘 뭐하고 다녀?"

아내가 의심의 눈초리를 보내왔다. 원중은 가슴이 덜컥 내려앉았다. 잘못한 일은 많았다. 베란다에서 뛰어내리는 일은 물론이거니와 주먹깨나 쓸 것 같은 사람에게 덤비고, 차를 훔쳐 추격전을 벌인 적까지 있었다.

"왜? 뭐가 달라 보여?"

짐짓 모르는 체 되물었다. 아내는 원중을 위아래로 훑어보더니 그의 흉근을 손으로 꾹 눌러보았다.

"혹시 나 모르게 운동 같은 거 해?"

실제로 원중은 헬스장에서 종일 근육을 기른 다음 저장 시점으로 돌아와 본 적이 있었다. 그러나 거울에 비친 것은 물렁살이 물결처럼 출렁이는 비루한 육체였다. '그것'으로는 신체적 변화를 불러올 수가 없었다.

"운동은 무슨……"

말은 그렇게 하면서도 내심 반가웠다. 원중이 요즘 기르고 있는 것은 정신적 근력, 즉 담력이었다. 아내의 착각은 그동안 어기고, 도발하고, 반항하며 이루어낸 성과가 다른 사람에게도 가시적으로 보인다는 의미였다.

담력을 키웠다고 해서 그것이 곧 돈벌이로 직결되는 것은 아니었다. 하루 종일 좁은 주방에서 비지땀을 흘리는 그의 직업 하에서는 담력이 쓰일 곳이 마땅치 않았다. 그렇다고 스턴트맨이나 격투기 선수, 혹은 빌딩 유리창닦이 등으로 전직할 수도 없는 노릇이었다. 그는 큰 힘에는 큰 보상이 따라야 한다고 믿었다. '그것'은 그에게 환상이 아니라 환장을 안겨주었다.

10

원중은 거실 소파에 앉아 텔레비전을 보고 있었다. 육포를 안주 삼아 맥주를 마셨다. 텔레비전은 볼 것이 별로 없었다. 그는 리모컨으로 채널을 돌려댔다. 네 개의 공중파 채널과 그 사이에 샌드위치처럼 껴 있는 홈쇼핑 방송 구간을 지나, 만날 불안하고 심각한 얼굴로 뉴스를 전도하는 종편 방송 구간, 그리고 별로 웃길 것도 없는데 서로 웃어주기 경쟁을 벌이는 예능 프로 구간…… 원중의 엄지가 버튼에서 떨어진 것은 어떤 영화 채널에서였다.

영화는 은행털이 영화였다. 대머리에 액션영화에 자주 나오는, 그러나 이름은 모르겠는 남자배우가 주연인 듯 보였다. 매혹적인 여자배우도 나오고 화끈한 액션장면도 나왔지만, 원중의 머릿속에서는 만약 나라면 어떻게 했을까 하는 생각이 떠나질 않았다. 그의 생각은 '그것'을 사용한다면 영화에서보다 손쉽게 은행을 털 수 있지 않을까, 하는 데까지 미쳤다.

'못할 것도 없지.'

얼큰한 취기 속에서 속생각이 튀어나왔다. 영화의 제목마저도 의미심장하게 다가왔다. 은행털이범도 직업이라면 직업이었다.

그러나 현실은 영화와는 달랐다. 우선 원중은 영화에서처럼 여러 공범을 만들 상황이 아니었다. 처음부터 끝까지 혼자서 감당해야만 할 터였다. 원중은 최대한 간단하게 계획을 짜기로 했다. 은행에 들어가 위협을 가하고 돈을 자루에 채운 다음 도망간다. 덩어리가 큰 감이 있었지만 나머지 디테일은 시도를 거듭하며 채우면 될 거였다.

도망수단은 생각할 것도 없이 페라리로 결정했다. 페라리를 훔치는 일은 자칫 배보다 배꼽이 클 가능성이 있었다. 그럼에도 페라리에는 거부할 수 없는 마력이 있었다. 위협을 가할 무기는 총기휴대가 불법인 우리나라 상황에 맞춰 칼로 결정했으나, 칼은 위협 반경이 무척 짧았기에 아무래도 그림이 그려지지가 않았다. 긴 쇠파이프에 끝에 칼을 매달까도 생각해 보았지만 우스운 꼴만 더해질 뿐이었다.

골똘히 생각해 보니 군부대에서 총을 탈취하는 것이 그리 어려운 일이 아닐지도 몰랐다. 원중이 근무하던 부대에서도 민간인이 철책을 넘어와 초소에서 잠을 자던 부대원의 총을 탈취해 달아난 사건이 있었다. 원중은 기왕에 할 거면 제대로 해보기로 마음먹었다. 그가 생각하기에 치밀함과 배짱, 그리고 약간의 비양심만 있으면 부자가 되는 일은 간단했다. 사실 현금지급기에 폰뱅킹에 온라인 뱅킹에, 간소화되어 명목만 남아 있는 은행을 털어 돈이 얼마나 모이겠는가? 돈보다 값진 경험, 그것을 얻게 된다면 그 자체로도 만족할 만한 성과였다.

냉장고에서 새 맥주병을 가져와 땄다. 잔에 맥주를 채우니 거품이 일어 넘쳐흘렀다. 따지고 보면 부동산 거품이니 경제 거품이니 풍문으로 듣기만 했지 원중이 실제로 맛본 적은 한 번도 없었다. 꺼져도 좋으니 한 번 맛볼 때도 되지 않았는가? 그는 잔을 천천히 기울여 거품을 음미했다. 거품은 부드럽고 달콤했으며, 불안한 미래를 이불처럼 덮어주었다.

다음날 아침, 그는 집 밖으로 나서며 '저장하기'를 눌렀다.

1-1

'불러오기'를 눌렀지만 여전히 페라리 내부였다. 사태파악을 하느라 두뇌를 빠르게 회전시키니 주변이 슬로모션처럼 느릿해졌다. 원중은 운전석에 앉은 채였고 오른손을 바라보고 있었다. 그의 손아귀에는 빈 공간이 있었다. 그 공간에 있던 것이 '그것'이었음을 인지한 순간 원중은 재빨리 머리를 숙였다. 쌕! 탄환이 정수리부터 뒷목까지의 머리카락을 스쳐 지나갔다. 어, 뭐지? 원중은 어리둥절했다. 왜 돌아가 지지 않는 거지? 문득 페라리의 엄청난 가속이 느껴졌다. 가속페달에서 발을 떼고 브레이크 페달을 힘껏 밟았다. 끼이이익! 몸이 앞으로 쏠리며 운전대에 머리를 박았다. 갑작스레 깨달음이 찾아왔다. 자신이 '그것'을 놓쳤다는 것을, 그리고 '그것'은 어딘가에 부딪히며 '저장하기' 버튼이 눌러져버렸으리라는 것을…… 원중은 바닥을 손으로 더듬으며 '그것'의 행방을 찾기 시작했다. 그러나 '그것'을 손에 쥐었을 때 쾅! 하는 소리와 묵직한 충격이 앞 범퍼에서 전달되어왔다. 촥! 에어백이 터졌다. 에어백에 왼쪽 얼굴을 비껴 맞았다. 원중의 몸이 좌석 쪽으로 확 젖혀졌다. 헤비급 권투선수에게 훅을 얻어맞은 듯 극심한 통증이 왼쪽 눈두덩에서 밀려왔다. 다행히 원중은 정신을 잃지 않았고, 가까스로 '불러오기' 버튼을 누를 수가 있었다.

1-2

다시 조금 전 상황으로 돌아왔다. 원중은 이번에는 고개를 숙이지 않고 좌석에서 흘러내리듯 자세를 낮추는 동시에 머리를 최대한 오른쪽으로 기울여 탄환을 피했다. 전방을 주시할 수 있는 자세를 취한 것이었다. 한남대교를 반으로 나눈 버스의 행렬이 빠른 속도로 눈앞에 다가왔다. 아차 싶었다. 브레이크를 잊고 있었다. 원중은 브레이크 페달을 밟으며 바닥에서 '그것'을 찾아냈다. 놀란 저격수가 벌떡 일어나 버스 뒤편으로 뛰어내렸다. 원중은 '불러오기'를 눌렀다.

1-3

브레이크 페달을 먼저 밟았다. 탄환도 아까처럼 부드럽게 피했고, '그것'도 금세 손에 넣을 수 있었다. 페라리는 버스에서 약 십여 미터 떨어진 곳에서 멈추었다. 저격수는 자리를 굳건히 지키고 있었다. 원중은 재빨리 후진 기어를 넣었다. 저격수의 총구가 그를 따라 움직였다. 발포 명령을 기다리는 것 같았다. 까딱 잘못하다간 총소리도 듣지 못한 채 머리통이 날아갈 수도 있었다. 이번 시도도 실패였다.

1-4

브레이크 페달을 밟으며 핸들을 틀었다. 탄환이 조수석 유리창을 뚫고 지나갔다. 차체가 핑그르르 돌기 시작했다. 차가 멈추었고 전방 시야에는 경찰차들이 보였다. 운 좋게 180도 회전을 한 거였다. 원중은 미식축구의 쿼터백처럼 경찰차 진영을 노려보았다. 양쪽 가장자리가 취약해 보였다. 브레이크 페달에 놓여 있던 발을 가속페달 쪽으로 옮겼다. 페라리가 공을 받아 든 러닝백처럼 달리기 시작했다.

문을 열고 내려서던 경찰관이 도로 차 안으로 몸을 숨겼다. 그대로 경찰차의 트렁크 부분을 들이받았다. 충격으로 인해 핸들이 저절로 꺾였다. 한강 전망 카페 앞 버스정류장 쪽으로 돌진하던 페라리는 나무로 마감된 인도를 긁으며 방향을 다시 한 번 틀었다. 경찰차 진영을 빠져나오니 원중의 입가에 미소가 걸렸다. 천만다행이었다. 이대로 몰고 가다 강남역쯤에 차를 버리고 인파 속으로 사라지면 경찰은 영영 자신을 찾지 못할 거였다.

다리가 끝나는 지점에서 경찰관 한 명이 툭 튀어나왔다. 경찰관은 철골 구조물로 이루어진 매트 같은 것을 들고 있었는데, 그것을 그물망을 던지듯 앞뒤로 흔들더니 달리는 페라리 앞에 툭 던져놓았다. 덜커덩, 하는 소리와 함께 차체가 앞쪽으로 살짝 기울어졌고, 핸들이 잠겨버렸다. 우두두두…… 차 밑바닥이 아스팔트에 끌리는 소리가 났다. 차축에서 분리된 타이어가 앞쪽으로 굴러 가는 것이 보였다. 원중은 경찰관이 깔아놓은 것이 스파이크라는 것을 깨달았다. 가속 페달에서 발을 떼지 않았지만 차는 더 이상 앞으로 나가지 않았다.

1-5

정신적인 피로도 누적이 심했다. 아무래도 좀 쉬어야 할 것 같아 차를 버스 행렬과 경찰차 진영 한가운데에 세워놓았다. 원중은 헬멧을 쓰고 K2 소총을 집어 들었다. '두두둑, 두두둑, 두두둑.' 앞 유리창을 향해 세 번의 점사를 갈겼다. 그리고 개머리판으로 앞 유리창을 쳤다. 유리패널 전체가 떨어져나갔다. 원중은 조수석으로 자리를 옮긴 후 소총을 대시보드에 걸쳐놓고 몸을 잔뜩 웅크렸다. 마치 참호 속에서 총구만 내어놓고 있는 모양새가 되었다.

차량 내부로 좁혀져 있던 세계가 넓어져 차량 바깥 상황에도 신경을 쓸 수 있게 되었다. 투항을 권유하는 메가폰 소리는 여전했고, 헬기 소리는 가까워졌다 멀어졌다를 반복하고 있었으며, 버스 위 저격수들은 수가 늘어 갔다. 잠수교 방향으로 해가 기울어져 있었다. 원중은 앞으로의 계획을 떠올려보려 했지만 잘 되지 않았다. 꼬르륵. 뱃속에서 알림음이 울렸다.

원중의 머릿속에서 이미지 하나가 떠올랐다. 콩국수였다. 두툼하게 썬 토마토와 계란 고명이 올라간 콩국수 이미지. 그는 콩국수가 그려진 전단지를 서랍에서 발견하던 때를 떠올렸다. 그리고 '그것'을 손에 넣은 시간도…… 그는 여름이 다 가는 동안 콩국수를 한 젓가락도 들지 못했다. 여름 별미인데.

그 이후의 기억은 뒤죽박죽이었다. 기억나는 모든 일이 자신이 벌인 짓이긴 했는데, 그가 속한 세상에서는 없는 일이기 일쑤였다. 그는 아내의 배를 문지르며 있지도 않은 아이에게 말을 걸었다가, 아내의 정색에 화들짝 놀란 적도 있었다. 꼬르륵. 없는 아이가 발로 차듯, 뱃속이 허전했다.

경찰과의 대치가 한 시간여 지속되었다. 원중은 경찰이 왜 자신을 향해 발포를 하지 않는지 궁금했다. 그에게는 인질이 없었다. 그러나 또 생각해 보니 그가 위협적인, 버스를 향해 차를 몰아가거나 하는 등의, 행동을 하지 않는다면 과잉진압의 소지가 있을 수 있었다. 휴전선의 대남방송처럼 집요하게 계속되던 메가폰 소리가 뚝 끊겼다. 찌이잉. 메가폰의 하울링이 들려왔다. 온 세상이 얼어버린 듯 조용해졌다.

"저, 저기요……"

원중은 고개를 번쩍 쳐들었다. 아내의 목소리였다.

"아저씨…… 여기 이 사람들이 자꾸 아저씨가 우리 남편이라는데…… 근데 그게 말이 안 되잖아요. 그 사람 이런 거 못해요. 그 사람은 내가 손 베여서 피가 조금만 나도 울먹거려요. 나보다 더 아파하고요……"

아내의 목소리가 떨리기 시작했다.

"아저씨가 어쩌다가 이런 일을 계획하게 됐는지는 모르지만 자수하세요……. 아니, 제가 괜한 오지랖을 떠는 것 같네요. 아저씨가 뭘 어떻게 하든 상관없어요. 그런데 제발 우리 남편이 아니라는 사실만 알려주세요. 나는 구원중이 아니다 하고 경적 한 번 울려주세요. 힘든 일 아니잖아요. 제발 우리 남편 좀 살려주세요……"

눈물이 핑 돌았다. 메가폰을 빼앗겼는지 아내의 목소리는 더 이상 들려오지 않았다. 원중의 손이 경적 버튼 위로 올라갔다. 빠앙! 빵, 빵 빠앙! 기어코 오열이 터지고 말았다. 어쩌다 여기까지 오게 됐는지 갑갑했다. 이제 뭘 어떻게 해야 될지를 몰라 답답했다. 아내의 말이 맞았다. 지금의 자신은 자신이 아닌 것 같았다.

정신을 가다듬었다. 경찰이 어떻게 신원을 파악했는지 알아야 했다. 오래전부터 추적당하고 있었다면 평생 도망자 신세를 면치 못할 거였다. 그러나 오늘을 디데이로 잡고 집을 나설 때까지 아무런 낌새도 없었다. 군부대에서 탈취된 소총이든, 수입차 전시장에서 사라진 페라리에 대해서든 그에게 혐의를 두는 분위기는 전혀 없었다. 아니, 오늘까지만 해도 경찰은 그의 존재조차도 모르고 있었다. 주위를 천천히 둘러보았다. 아이로니컬했다. 둘을 이어주는 다리 위에 그는 섬처럼 고립되어 있었다.

원중은 휴대전화를 찾기 시작했다. 휴대전화는 좌석의 등받이와 쿠션 사이의 틈새로 밀려들어 가 있었다. 휴대전화를 보니 전화가 서른 통이 넘게 와 있었다. 대부분 모르는 번호였고 마지막 다섯 통은 아내의 번호였다. 이거였다. 한 시간 넘게 대치하는 동안 경찰은 원중의 번호를 알아낸 것이었다. 외떨어져 있는데다 위치가 고정되어 있으니 번호를 알아내기란 그리 어렵지 않았을 터였다.

11

차가 멈추자마자 원중은 휴대전화를 틈새에서 꺼내 확인했다. 다행히 걸려온 전화가 없었다. 그는 휴대전화의 배터리를 분리시킨 후 주머니에 집어넣었다. 그리고 차를 몰아 다리의 인도 쪽으로 바짝 붙여 세웠다. '그것'을 바닥에서 주워들고 '저장하기'를 꾹 눌렀다. 문득 앞쪽 트렁크에 넣어둔 돈 자루가 떠올랐다. 그는 머리를 세차게 흔들어 그 매혹적인 자태를 지워버렸다. 그것이 모든 것의 원흉이었다. 큰 힘에는 큰 실수가 따르는 법이었다.

오토바이 헬멧을 쓰고 차 문을 열었다. 가을에서 겨울로 접어드는 계절이라 날이 많이 쌀쌀해져 있었다. 투항을 하려는 것으로 보았는지 메가폰의 목소리가 온화하게 바뀌었다. 원중은 하늘을 한 번 바라보았다. 새들이 날아오르기에 적합한 맑고 높은 하늘이었다. 그러나 그는 추락을 결심한 터였다.

원중은 차에서 튀어나와 다리 난간을 향해 달리기 시작했다.

'뭐든 한 번에 끝나는 게 좋아요.'

문득 남자의 말이 떠올랐다. 그에게 필요한 것은 단 한 번의 기회였다. 그는 손에 쥐고 있던 '그것'을 강을 향해 집어던졌다. 그리고 그 자신도 난간을 짚고 뛰어 올랐다. 난간에서 손이 떨어지는 순간, 땅의 속박에서 벗어난 자유로움이 그의 몸을 감쌌다. 그는 불러오고 싶었다. 저장 없이 단 한 번의 기회만이 주어지는 세계를. 그래서 더욱 소중하고 특별한 세계를.

어느 시대의 초상

제2회 최우수상 수상작

단연 눈에 띈 작품이다. SF의 장점 중 하나는 그 설정이 개인의 일상뿐 아니라 세계 전체의 구조를 바꾸고, 그러기에 사람들의 삶 전체가 바뀌는 모습을 보여주며, 그 거울을 통해 우리 자신을 더욱 선명하게 보게 하는 점이 아니던가. 시간여행이 보편화된 시대, 시간은 공간이나 진배없는 곳이 되고, 가난한 이들은 공간을 떠돌듯이 정착하지 못하고 시간을 떠돈다. 좋은 세계를 구성했을 뿐 아니라 한 명의 개인의 삶 또한 놓치지 않고 세심하게 어루만진다. 탁월하다. —김보영(소설가)

세대를 건너뛰어 노동의 할당량을 채우며 영문도 모른 채 물려받은 빚을 계속 갚아야 하는 사람들의 이야기는, 현재 한국사회에서 벌어지는 젊은이들의 좌절감을 뛰어나게 형상화하였다. 주제를 전달하기 위해 억지로 타임리프를 끌어들이지 않았고, 타임리프를 설명하기 위해 구구절절한 원리를 늘어놓지 않은 채, 타임리프라는 장르적 특성을 정확히 이해하는 동시에 자신이 지금 시점에서 가장 하고 싶은 이야기를 기술했다는 인상을 받았다. —김용언(출판 컬럼리스트)

마지막 시간 이주를 한 뒤 두 달 동안 생리를 하지 않았다. 시간 이주 직전 신체검사에서 임신소견 같은 건 없었다. 스트레스가 생리현상에 영향을 미치는 건 흔한 일이다.

'찢어 죽여도 시원찮을 놈들.'

남편과 같은 세대로 배정을 해달라고 그렇게 사정사정을 했건만. 사채업자는 그런 사람들이다. 계산기 두들겨서 숫자가 1이라도 크면 장땡이지. 같은 세대, 다른 공장에 배치가 됐다면 큰 문제가 아니다. 그렇다면 연락이라도 닿을 테니까. 일이 복잡해졌다. 다른 세대라니! 이주 후 며칠간은 내가 그와 최소 한 세대, 즉 천 년은 간격을 두고 떨어져 있다는 생각에 눈물만 흘렸다. 만약 이렇게 헤어지게 되면 내가 태어난 세대, 태어난 곳에서 다시 만나기로 약속은 했지만, 그러려면 일을 멈춰야 하고, 그러면 빚은 언제 갚아. *걱정 마, 빨리 만*

나서 다시 일하면 되지. 언제 만날 줄 알고 기다리고 있어, 또 헤어지면 어떡해. 걱정 마, 걱정 마……. 그에겐 날 안심시키는 재주는 있었지만 현실감각은 없었다. 언제 할당량을 끝내고 다시 이주할 권리를 얻는단 말인가. 겨우 할당량을 마쳐도 그게 그와 꼭 같은 시기에 마치리라고 보장할 수 있단 말인가. 혹시 벌써 끝내고 날 기다리고 있는 건 아니겠지? 아니면 할당량도 못 마친 채 빚을 지고 기다리고 있으면 어쩌지? 그래서 그렇게 한 사람은 한 곳에 남아 있자고 했건만. 그래도 그의 목소리는 세대를 넘어서 날 안심시킨다. 걱정 마, 걱정 마…….

그는 너무 착해서 탈이었다. 얼굴도 모르는 부모들에게서 물려받은 빚이라면, 그리고 그 부모들도 얼굴도 모르는 그들의 부모들에게서 물려받은 빚이라면 우리 역시 얼굴도 모를 우리 아이들에게 물려주면 되는 게 아닐까? 이게 우리가 단순히 맞벌이를 한다고 해서 갚을 수 있는 빚일까? 우리가 끝낼 수 있는 고리일까? 이렇게 하면 우리 아이들은 한 세대에 정착해서 살아갈 수 있을까? 부모—자식 관계는 빚 없는 사람들, 예를 들면 저기 저 사채업자들이나 가질 수 있는 것 아니던가. 남편과도 생이별을 한 마당에 아이들을 어떻게 책임질 수 있을까? 똑똑똑. 누구시죠? 숙소관리인입니다, 오늘 출근 하시나요, 출근자 명부를 작성해야 해서. 아, 가야죠, 갈 거예요.

관리인은 매일 아침 현관문을 두들기지만 그의 얼굴을 본 적은 없다. 예전 같았으면 매일 아침을 시작하는 그 목소리의 주인공에게 관심이 있었을 법도 한데 이젠 무관심에 더 익숙해졌다. 누군가에 대한 관심이 무관심으로 응답받는 일은 작지 않은 상처다. 특히나 모두가 모두에 대해 무관심한 세상에선 더욱 그렇다. 그 역시 내가 출근을 하는지 마는지 외엔 딱히 관심이 없으니까. 그래, 잡생각할 틈이 있으면 일해서 빚이나 갚아야지. 채무상환의 의무는 태고부터 전해져 내려오는 신성한 의무다. 내겐 내가 지지 않은 책임을 짊어질 의무가 있다.

출근길은 단조롭다. 지금 내가 발 딛고 있는 땅에서 어떤 사람들이 살고 있었는지, 어떤 동물이 살고 있었는지, 숲이 있었는지 산이 있었는지는 모른다. 늘 보던 거리, 늘 보던 조경. 어느 세대를 가나 마찬가지다. 어느 세대를 가나 사람들은 어제 TV에 나왔던 화려한 옷을 입고, 신호등과 전광판 외의 것엔 실핏줄이 터져 충혈된 눈을 돌리지도 않고 공장으로 향한다. 어쨌든 시간 이주는 우리 모두에게 많은 기회를 안겨주었다. 그렇다고 들었다. 사채업자들은 자신들이 최대의 이윤을 뽑아낼 수 있는 정형화된 구조물을 모든 세대에 이식했다. 덕분에 채무자들이 다른 세대에 적응하는 데 겪는 어려움은 적었다. 또 우리에겐 일자리가 생겼고, 빚을 갚을 수 있는 기회가 생겼다. 원래 그 자리에서 살던 원주민들이 어떻게 됐는지는 모른다. 아마도 우리와 같은 옷을 입고 같은 생각을 하며 같은 일을 하고 있지 않을까?

이번 세대에서 내가 하게 된 일은 단순하다. 기계가 하는 일을 관리한다. 다른 세대에서라고 특별히 복잡한 일을 했던 건 아니다. 나도 기계가 정확히 어떤 원리와 체계에 따라 돌아가는지는 모른다. 아기 옷을 만들어서 공동 보육원으로 보낸다고 한다. 처음 이곳에 와서 생전 처음 아기 옷을 보고 '아기는 저렇게 작구나'하고 놀랐다. 나 역시 이 작은 옷을 입었겠지. 천과 실과 솜을 다루는 일이어서 그런지 기계 고장이 잦아 손이 많이 간다. 그래도 다른 세대에서 했던 일들에 비하면 훨씬 상황이 좋은 편이다.

네 번째였나, 이주했던 세대에선 전 세대에서 배출되는 배설물을 모아 정화하는 일을 했다. 물론 내가 직접 하는 건 아니고 기계를 관리하는 일이었는데, 한번 고장이라도 나면 온갖 장비를 뒤집어쓰고 정화조로 들어가야 했다. 장비를 벗다가 실수로 손에 오물이 조금이라도 묻었을 때의 불쾌감이란…… 이 세대에 살던 사람들은 자신들이 살던 집, 땅, 하늘이 똥으로 범벅이 된 걸 알까? 글쎄, 어쩌면 아무 사람도 살지 않던 그런 세대일 수도 있지, 인간이 존재하지 않던 세대가 상대적으로 훨씬 많다고 들었어. 그래도 말이야, 만약에 내가 태어난 세대가 이렇게 똥으로 범벅이 돼버리면 어떡하지, 그럼 너무 슬플 것 같아. 그런 일은 없을 거야, 그 곳은 멋진 화분을 만들어내는 세대잖아, 걱정하지 말고 어서 자자, 오늘 하루 고생했어. 남편이 없었다면 견디기 힘들었을 거다.

"안녕하세요."
"네, 어서 오세요."

"오랜만에 출근하셨네요, 다른 세대로 가신 줄 알았어요."

"며칠 동안 결근했어요, 아이가 아파서. 그래도 오래 비우면 안 되죠."

이 남자에게 아이가 있었던가? 아이를 공동 보육원에 보내지 않아도 될 정도로 여유로운 사람이었나? 문득 그의 이름이 궁금해졌다. 거의 모든 사람이 비슷한 삶을 살아가는 와중에 이따금 다른 삶을 선택한 사람들이 있다. 그들이 선택을 했다기보다는 그들에게 선택할 수 있는 기회가 주어졌다고 말하는 편이 옳을지도 모른다.

남편은 시간난민이었다. 정확히 말하면 그의 부모가 시간난민이었다. 그들은 자의적으로, 혹은 타의적으로 세대로 규정되지 않은 시대에 체류했다. 시간 이주는 공식적으로 세대, 천 년 단위로 이뤄지도록 돼 있다. 세대를 미래에서 온 사람들이 점거했다면, 세대에 속하지 않는 시대에선 그 시대에 살던 사람들이 여전히 살고 있다고 한다. 공식적으로 사람들은 그 시대로 이주할 수 없었지만, 시간난민들은 프로그램 상 오류로, 혹은 이주 중 기계 내부에서 특수한 충격을 줘서 자발적으로 튕겨져 나가기도 했다. 이들은 빚의 굴레로부터 벗어난 것에 대해 감사하고 한동안 행복하게 지냈다. 하지만 얼마 지나지 않아 계산기를 두들겨 노동력의 유실을 알게 된 사채업자들은 분노하여 1초 단위의 모든 시대를 수색해 제 세대로 붙잡아 왔다. 그의 부모도 그때 붙잡혔다. 그는 부모에게서 떨어져 기초교육소로 보내졌고, 난 그 곳에서 그를 처음 만났다.

그는 세대 안에 갇혀 지내던 우리보다 더 많은 것을 알고 있었다. 그는 자신이 살던 시대에서 교육받았던 것들을 우리에게 이야기해 줬다. 대부분의 아이들은 그를 잘난 척한다며 무시했지만 나를 비롯한 몇몇 아이들은 그렇지 않았다. 우린 식사시간마다 모여 그의 이야기를 들었다. 가장 인상 깊었던 내용은 그가 살던 시대의 아이들은 대부분 부모와 함께 지냈고, 그보다 이전엔 부모의 부모까지 함께 지냈다는 내용이었다. 그리고 그땐 시간 이주는 없었지만, 몇 년마다 지금처럼 집과 일을 옮겨 다녔다. 그들 역시 우리가 한 세대에 정착하길 바라듯, 한 집에, 한 일에 정착하길 바랐다. 그들도 우리처럼 더 이상 이주할 필요가 없는 곳으로 이주하길 바랐다.

"식사하세요, 오늘 메뉴는 폭찹이네요."

"먼저 가세요. 마무리해야 할 일이 있어서, 오늘따라 기계 고장이 잦네요. 천천히 갈게요."

"그럼 기다릴게요, 혼자 먹으면 외롭잖아요."

외롭다는 단어가 누군가의 입에서 직접 나온 걸 들은 건 오랜만이었다. 혼자 밥을 먹는 건 외로운 일일까? 남편과 떨어진 이후 난 매일 저녁을 혼자 먹었는데, 그건 외로운 일이었을까, 괜히 눈물샘이 무거워져서 더 열심히 기계 손질을 마무리했다. 이런 시대에 남에게 눈물을 보이는 건 부끄러운 일이다.

"아이가 있는 줄은 몰랐어요."

"흔한 일은 아니니까요. 저도 어쩔 수 없었어요."

왜 어쩔 수 없었는지 궁금했지만 물어볼 수 없었다. 이런 시대에 남의 사생활을 캐는 건 눈물을 보이는 일 만큼이나 실례되는 일이니까. 함부로 그가 선택을 했다고, 그에게 선택을 할 기회가 있었다고 생각했던 게 미안했다. 나 역시 어쩔 수 없었다. 난 아이를 가져선 안 됐다. 난 아이들을 책임질 수 없었다. 사채업자들은 사람 사이의 친분을 경멸했다. 하지만 그들은 에로스를 찬양했다. 그건 대체로 서로에 대한 아낌과 배려로서의 사랑이라기보다는 의무와 책임만으로 똘똘 뭉친 관계에 가까웠지만, 어쨌든 많은 이들이 짝을 맺었고 사랑을 외쳤고 역사상 이렇게 사랑에 가득 찬 때는 없었을지도 모른다. 그러나 그 결과를 책임질 수 있는 사람은 적었다. 우린 모두 어쩔 수 없었다. 그가 먼저 입을 열었다.

"제 아내가 임신을 한 걸 모른 채로 시간 이주를 했어요. 아이는 예외 없이 기형아였고요."

"어떻게 그럴 수 있죠? 내 말은…… 검사를 하지 않았나요?"

"검사는 늘 오차를 포함하고 있으니까요. 확률이라는 게 그렇잖아요. 확률이 아무리 낮아도 거기에 걸리는 사람은 생기기 마련이죠."

"저런……."

"기형아가 공동보육원에서 어떤 취급을 받는지 아니까 보낼 수 없었어요. 어쩔 수 없죠."

할 말이 없어진 난, 그와 함께 더 앉아 있으면 내 이야기라도 해야 할 것 같았다. 식은 폭찹을 씹어 넘기고 자리로 도망치듯 돌아왔다. 그는 왜 내게 그의 속사정을 털어놓았을까? 퇴근길엔 일부러 그에게 인사를 하지 않았다.

남편은 항상 나를 답답해했다. 그는 모든 걸 밝혔고, 난 많은 걸 밝히지 않았다. 그럼에도 그는 나에 대해 가장 많이 아는 사람이었다. 처음 교육소에서 그를 알게 됐을 땐 난 그를 피했다. 그가 알려주는 아름답지만 불가능한 세계가 무서웠다. 그런 두려움을 느끼는 아이는 많았다. 그런데 그는 그 아이들 사이에 있는 나에게 다가와 이름을 물었다. 교육소에서 나의 이름을 물은 건 그가 처음이었다. 난 대답하지 않고 뒤돌아 도망갔다. 그 날부터 그의 이름이 궁금해졌다. 그리고 그때부터 난 그를 따라다니기 시작했다. 남편이 교육소에 온 다음 해 겨울, 교육소장은 그를 다른 곳으로 전출 보냈다. 어렸던 우린 그 속사정을 몰랐지만, 그 즈음에 시간난민 아이들을 격리하기 위한 보육원과 교육소가 생긴 걸 알게 된 건 충분히 나이를 먹고 난 뒤였다. 살면서 처음으로 누군가를 그리워했지만 시간이 흐르며 난 그를 잊고 살았다.

다른 세대에서 봤던 것과 똑같은 조형물들 사이로 난 똑같은 길을 따라 집으로 돌아왔다. 남편과 이 길을 걸은 적은 없지만, 똑같은 모양의 길은 자주 걸었다. 모든 시간이 똑같다면, 모든 공간이 똑같다면, 그리고 모든 사람이 똑같다면 나는 어떻게 '나'일 수 있을까. 아이를 책임질 수 없다면 낳지 않겠다고 결심했던 나는 어떻게 내가 됐을까. 우울해하는 남자 앞에서 나는 허겁지겁 식어빠진 폭찹을 삼켰다. 그리고 인사도 하지 않은 채 도망치듯 퇴근했다. 괴로웠다. 부끄러움도 잊은 채 길거리에 무너져서 울었다. 화려한 옷을 입은 사람들이 지나갔다.

퇴근 후 밀려오는 외로움은 무엇으로도 위안하기 힘들었다. 데워 먹는 냉동식품에선 외로운 여자의 냄새가 났다. 그 역한 냄새에 구역질을 했다. 구역질이 멈추질 않았다. 그가 했던 말이 생각났다. 확률이 아무리 낮아도 *거기에 걸리는 사람은 생기기 마련이죠.* 아니야. 그럴 리가.

"전 이주 중에 남편을 놓쳤어요."
"어쩌다가요?"
"사채업자들의 농간이었죠. 그이는 아마 다른 세대에서 일을 하고 있을 거예요."
"그런 경우가 많다고 들었어요. 다시 만날 방법은 있나요?"
"글쎄요, 약속은 했는데, 언제가 될지 기약이 없네요. 설마 영원히 못 보기야 하겠어요?"
"그래요. 꼭 다시 만나길 빌게요."
"고마워요."
"그나저나 다신 당신과 대화를 못 나눌 줄 알았어요. 이런 대화, 다들 부담스러워 하니까요."
"아……. 미안했어요. 의아하긴 했어요. 원래 남한테 속사정을 그렇게 잘 털어놓나요?"

"그런 건 아니고, 제가 오랜만에 출근했다는 걸 알아준 사람이 있다는 게 신기했어요."

"글쎄요, 바로 옆자리니까요."

"그래도요. 사실 제 아내도 지금은 다른 세대에 있어요."

"저랑 비슷한 경운가요?"

"아니요, 놓친 건 맞는데……."

그는 말을 멈추고 어깨를 으쓱하고는 이내 다시 일에 집중하는 척했다.

남편은 대화할 때 제스처를 많이 사용했다. 손을 흔들고, 손가락을 돌리고, 고개를 저었다. 바보 같아. 뭐가? 왜 그렇게 온 몸을 가만두지 못해서 안달인 거야? 글쎄, 습관이 돼서. 안 하면 안 돼? 그러면 너무 허전한걸, 내가 하고 싶은 말을 온전히 못 전할 것 같아. 그게 뭐 대수람. 세대가 아닌 시대에서의 생활은 그의 인생에 영구적인 흔적을 남긴 듯했다. 그에게 세대에서 나고 자란 보통의 사람들과 다른 점이 있다면, 그건 대부분 그가 겪었던 특별한 경험에서 온 것이었다. 난 그런 그의 모습을 못마땅해했다. 이는 내가 그의 남다른 모습을 동경했기 때문이었고, 한편 내가 그처럼 될 수 없다는 걸 알기 때문이었다.

일에 집중이 안 됐는지 그는 다시 나를 돌아보며 말하기 시작했다.

"제 아내는 아이를 낳고는 다른 세대로 떠났어요."
"기록이 남았을 텐데 못 찾았나요?"
"글쎄요. 그런다고 달라질 건 없으니까요. 아내가 떠나지 않았다면 제가 떠났을지도 몰라요. 하지만 어쨌든 할당량을 채우려면 반년은 여기서 더 일해야 해요."
"그럼 아이는요?"
"일단은 빚을 내서 보모를 구해놨어요. 일단은……."

문득 지난번의 구역질이 생각났다. 그 이후에도 난 일부러 병원에 가지 않았다. 빚이 줄어들지 않는 노동은 없는 노동으로 취급되듯이, 확진되지 않은 아이는 없는 거라고 믿기로 했다. 내겐 아이를, 그 아이가 기형아라면 더더욱 보육소에 보낼 용기가 없다. 그렇다고 그 아이를 키울 능력도 없다. 난 어쩔 수 없다. 지금까지도 어쩔 수 없었고, 아마 앞으로도 오랜 시간 동안 어쩔 수 없을 거다. 그런데 만약, 만약 아이가 생기는 일도 어쩔 수 없는 거라면 어떡하지. 아이도 어쩔 수 없이 나와야 한다면?

그 이후로도 출근을 하면 그 남자와 이런저런 이야기를 나눴다. 그는 거의 늘 아이 이야기를 했다. 아이가 어제는 토를 했다, 아이가 너무 자주 아프다, 고용한 보모가 일은 잘 안 하면서 돈만 많이 요구하는 것 같다, 아이가, 아이가……. 그의 모든 생활과 감정은 아이를 중심으로 돌아가는 것 같았다.

남편과 아이를 가지는 것에 대해 이야기 한 적이 있다. 그는 내가 피임약을 철저히 챙겨먹는 걸 싫어했다. 그는 아이를 가지고 싶어 했다. 나 역시 마찬가지였다. 하지만 지금은 아니었다. 난 최소한의 의무는 지키며 살고 싶어, 태어나자마자 보육원에 보내는 일 따윈 하고 싶지 않다고. 나 역시 마찬가지야, 하지만 동시에 행복하면 더 좋겠지. 평생 빛이나 갚으며 살다가 죽을 텐데 어떻게 행복해질 거란 말이야. 너무 비관적으로 생각하지 마. 둘이 헤어지기라도 하면, 둘 중 누가 죽기라도 하면 어떻게 혼자 애를 키우고 빚을 갚냐는 말이야. 그러면 남은 사람은 혼자 남는 것보다는 훨씬 행복하지 않을까, 아주 옛날에 사람들은 부모자식은 물론 다른 가족들까지 다 같이 모여 여기저기를 옮겨가면서 살았대, 그 사람들도 우리처럼 이곳저곳을 옮겨 다녔지만, 내일 당장 먹을 걸 걱정했겠지만, 그래도 늘 가족과 함께 했을 거야.

"아이를 보육원에 보낼 생각은 없으신가요?"

"늘 생각 중이에요. 방금까지도 고민하고 있었던 걸요. 하지만 못하겠어요."

"왜 그렇죠?"

"혼자가 될까 두려워서요. 그리고 내게도 두려운 일을 아이가 겪게 할 순 없으니까요. 아내가 떠난 뒤에야 알게 됐어요. 특별한 사람을 잃는다는 건 슬픈 일이라는 걸."

남편을 다시 만난 건 교육소를 나온 뒤 처음으로 시간 이주를 간 세대에서였다. 그곳에서 난 온갖 곡물을 기르는 기계를 관리하고 있었다. 그는 날 바로 알아봤다. 우린 다시 좋은 친구가 되었고, 그는 황금빛 밀밭 위에서 내게 결혼을 제안했다. 내가 다른 사람들과 같은 일을 하고 같은 음식을 먹어도, 그는 나 스스로가 특별한 사람이라는 느낌을 받을 수 있게 해줬다. 우리의 관계에서 그는 언제나 그였고, 나는 언제나 나였다. 내가 다른 사람들과 다르다는 느낌을 받는 건 외로운 일이지만, 다른 사람과 같아져 더 이상 외로움을 느끼지 못하는 건 그보다 더 외로운 일이라는 걸 그는 알게 해줬다.

"부모가 아이에게 져야 할 책임이 있다고 생각하세요?"

"글쎄요, 꼭 책임이라는 말을 써야 할까요?"

"무슨 의미죠?"

"아이가 태어나기 전엔 저도 별 생각은 없었어요. 나 먹고 살기에도 바쁘니 태어나면 바로 보육소로 넘겨버리자는 게 아내와 제 생각이었죠. 그런데 아이가 기형으로 태어난 걸 보니 그럴 수 없었어요. 상상해 보세요. 두 개여야 할 신체의 모든 기관들이 하나만 달린 채 태어난 사람이 살아가는 모습을. 아이가 남들이 낳는 아이와 같은 평범한 아이였다면 이렇게 고민하지 않았을지도 몰라요."

"그것도 결국엔 책임감 아닐까요?"

"책임이라기보다는…… 어쩔 수 없는 거죠. 책임으로 세상을 보면 너무 힘들어지는 것 같아요. 우린 아기 옷 만드는 일을 하고 있어요. 하루에도 수백 벌이 우리의 손을 거쳐 가는데 내 아이에겐 한 벌도

갖다 주지 못한다면 전 제 아이에 대해 책임을 지고 있는 걸까요?"

내가 말이 없자 그는 또 어깨를 으쓱하고는 이내 다시 일에 집중하는 척했다.

난 아이를 책임질 수 없었지만 어쩔 수 없이 나오는 아이를 못 본 체할 수도 없었다. 그날 저녁 나는 일을 마치고 병원에 들렀다. 낮은 확률일지라도 걸리는 사람은 생기기 마련이었다. *머지않아 배가 불러오기 시작할 거예요. 모두들 겪는 일이니까 너무 두렵게 생각하지 마세요. 영양관리 잘하시고. 그런데 기형아 검사에 이상소견이 있네요? 의사는 무미건조하게 낙태를 권했다. 그가 함부로 지껄인 말들이 불쾌해서 자리를 떴다.

남자에게 임신 소식을 전할까 했지만 다음날부터 그는 출근하지 않았다. 다음 날도, 그 다음 날도 그는 출근하지 않았다. 그의 이름을 아는 사람도, 그가 어디 사는지를 아는 사람도 없었기에 그를 찾을 수 없었다. 이 공장에서 그에 대해 가장 잘 알고 있는 건 나였다. 누구에게도 그의 행방을 물어볼 수 없었다. 모두들 대수롭지 않게 여겼다. *글쎄 모르겠는데? 아마 다른 세대로 이주한 게 아닐까? 그걸 왜 궁금해 하는데?* 나는 남편과 헤어졌을 때만큼 우울해졌다.

그리고 사흘 동안은 입덧이 심해져서 아무것도 못 먹고 물만 겨우 먹을 수 있었다. 구역질이 나면 변기까지 갈 힘이 없었고, 바닥에

토를 해도 치울 힘이 없었다. 토와 땀과 물병 사이에 뒤섞여 지냈다. 꿈과 현실을 분간할 수 없었다. 방금 전에 아이를 낳았는데 눈을 떠 보니 아이가 사라졌다. 의사가 아이를 보육원으로 데려간 걸까 하고 온 몸을 쥐어짜가며 힘없이 오열했다. 그러다 정신이 들면 스스로의 처지가 서러워 다시 힘없이 오열했다. 낙태할 용기는 없었다. 보육원에 보낼 용기도 없었다. 같이 살 수도 없고, 따로 살 수도 없다면 같이 죽는 수밖에 없지 않을까. 며칠째 방에 기척이 없자 숙소관리인이 매뉴얼대로 문을 강제로 열었고, 나는 들것에 실려 병원으로 짐처럼 옮겨졌다. 남편을 다시 만날 수 있을까.

닷새 만에 출근한 공장에서 그를 만났다. 그는 짐을 싸고 있었다. 그는 아이가 죽었다고 전했다.

그는 시신을 소각장에 보내고 오는 길이라고 했다. 남들처럼 소각장으로 보내는 건 아이를 보육원에 보내는 것만큼이나 싫었지만, 이번엔 정말 어쩔 수 없었다고 했다. 함부로 묻을 땅도 없었고, 그렇다고 마냥 집에만 둘 수도 없으니까. 그가 아이를 소각장에 보내기로 결정하기까지 일주일이 걸렸다고 했다. 그런 그에게 임신 소식을 전할 순 없었다.

"내일 시간 이주를 갈 거예요. 아내를 찾아야지요."

"할당량을 채우려면 아직 몇 달 더 있어야 한다고 하지 않았나요?"

"좀 더 빚을 내야죠. 더 이상은 혼자서 지낼 순 없을 것 같아요."

"저도 그래요."

그는 나의 말을 못 들은 척했다. 나 역시 그래요, 날 혼자 두지 마세요.

남편과 함께 사진을 인화하는 공장이 있는 세대에서 일할 때였다. 그곳에서 역시 우리의 일은 사진을 인화하는 기계를 관리하는 일이었다. 사진을 찍는 사람들은 대체로 사채업자들이었다. 그들은 아이의 사진을 찍고, 가족사진을 찍기도 했다. 그곳에서 일하는 동안 남편은 유독 더 아이를 갖고 싶어 했다. 어느 날 옆에서 흐느끼는 소리가 들려 다가가 보니 남편이 사진 하나를 가슴에 품고 울고 있었다. 한 노인의 독사진이었다. 기억해 줄 사람이 없는 보통의 사람들은 죽으면 소각장으로 옮겨져, 다 탄 육골의 재를 쌓아두는 세대에 뿌려진다. 하지만 사채업자들은 자신과 함께 사는 가족들이 자신을 기억해 주길 바랐다. 죽음이 가까워지면 웃음기 없는 표정의 사진을 한 장 찍어 남겼다. 그는 아마 어릴 적에 헤어졌던 그의 부모를 그리워하고 있는 것 같았다.

나는 울고 있는 그에게 다가가지는 못하고 집에 와서야 눈물을 흘릴 수 있었다. 나의 부모가 그리웠기 때문은 아니었다. 어렸을 때부터 부모의 얼굴을 모르고 자란 난 그의 슬픔에 공감할 수 없었다. 그래서 그를 위로해 줄 수 없었고, 그때 난 마음이 아프다는 말이 무슨 뜻인지 알게 됐다. 아이를 잃었다는 내 앞의 남자에게 남아달라고 부탁할 수 없었다.

"언제로 갔는지는 알고 있나요?"

"일곱 세대 전이래요. 실을 잣고 면을 짜는 세대라더군요."

"기분이 묘하네요. 내 앞에 있는 사람이 내일 당장 칠천 년 전으로 간다니."

"글쎄요, 흔한 일인걸요."

"다시 만날 수 있을까요?"

"그러면 반가울 텐데요."

우리가 다시 보기 어려우리라는 것은 서로가 이미 알고 있었다. 대화가 멎은 동안 그가 분주히 짐 싸는 소리만 들렸다. 짐을 다 싸고 떠나기 전 그가 다시 입을 열었다.

"전 제 아이도, 제 아내도 책임질 수 없었어요. 이제 제게 남은 의무는 사채업자들에게 빚을 갚을 의무뿐인 거죠. 남들이라고 다르진 않아요. 하지만 그런 삶에 무슨 의미가 있는 걸까요?"

"당신이 말했던 것처럼 책임으로 세상을 보면 힘들어지죠."

"근 몇 달, 전 어쩔 수 없는 마음에 살아왔어요. 아이 때문에 살았던 거죠. 아이가 죽은 날 아파트 옥상에 올라갔어요. 날씨가 많이 차더군요. 아래에선 사람들이 걸어다니고 있었어요. 어느 세대를 가나 똑같이 걸었던 똑같은 길이지만 이렇게 위에서 본 건 처음이었어요. 그런데 어쩌면 칠천 년 전에 살고 있을 아내도 이 똑같은 길을 걷고 있지 않을까 하는 생각이 들었어요.”

“······.”

“그래서 그녀를 한 번 찾아가보기로 했어요. 비록 완전한 책임은
못 질지라도, 비록 어쩔 수 없이 그녀를 다시 잃더라도 말이죠. 저는
옳은 선택을 하고 있는 걸까요?”

그는 내가 남편을 꼭 찾길 바란다는 말을 남기고 떠났다. 그날 나
는 온몸이 아팠다.

일찍 잠든 탓에 새벽에 깼다. 창밖의 빌딩숲도 어두컴컴했고 가로
수만 희미하게 빛났다. 창에 비친 난 장기간의 노동과 최근의 신병
으로 피폐해져 있었다. 윤기 있던 갈색 머리는 뭉치기도 하고 갈라지
기도 했다. 검은 눈동자는 흐릿해졌고, 입꼬리가 올라간 입술은 힘
없어 보였다. 배는 알게 모르게 튀어나와 희미하게 실핏줄이 보였다.
그 많은 사람들이 이곳에서 제 삶을 시작하는 걸까. 저 얇은 실핏줄
로 연결되어 있는 걸까. 이제 이곳에 아이가 있다. 아이를 낳으면 빚
을 더 지더라도 남편을 찾으러 가야겠다는 생각이 들었다.

다시 동굴 같은 이불 속으로 들어갔다. 동굴 벽에 아로새겨진 얇
은 실핏줄을 따라 한번 본 적 없는 먼 과거로 갔다. 난 남편, 그리고
두 개 있어야 할 기관이 하나만 달린 아이와 함께 있었다. 옆자리의
남자와 그의 아내도 있었다. 그곳에서 사람들은 여러 가족이 모여
마을을 이루고, 때가 되면 이주를 하며 지냈다. 이내 아침이 되어 햇

빛이 동굴로 비춰졌지만 난 나가고 싶지 않았다. 곧 있으면 숙소관리인이 문을 두들길 터였다.

오버랩 나이프, 나이프

제2회 우수상 수상작

가정폭력이라는 무거운 소재로 시간여행의 고전적인 주제를 훌륭하게 그려낸다. 두 개의 이야기가 서로 교차하다가 이어지는 지점이 훌륭하다. 예측할 수 있으면서도 예측을 벗어나는 작은 반전들이 계속되며, 긴장감이 끊어지지 않고 마지막까지도 호흡이 좋다. —김보영(소설가)

가슴 아픈 가족사를 끝내고 사랑하는 사람을 구하기 위해 시간을 되돌리는 여자의 이야기다. 이미 결과로 나와버린 것을 바꿀 수 없다는 시간 여행의 원칙에 충실하게, 사건은 방향을 조금씩 바꿀 뿐 계속 끔찍한 결과로 돌아올 때의 그 참담한 슬픔이 안정적인 문체로 펼쳐진다. —김용언(출판 컬럼리스트)

1

이것은 흔하고 흔한 이야기이다.

영화에서, 책에서, 드라마에서, 뉴스에서, 중후한 목소리의 연예인
이 진행하는 사회 고발 프로그램에서, 범죄 다큐멘터리에서, 그런
우리 일상의 곳곳에서, 살면서 누구나 한 번쯤은 접했을 진부하지
만 자극적이고, 안쓰럽지만 불편한 그런 이야기.

아버지가 어머니를 죽였다. 나는 들고 있던 비닐봉지를 떨어트렸
다. 아버지는 꿈을 꾸는 표정이었다. 오른손에는 붉은 피가 뚝뚝 떨
어지는 과도를 들고, 왼손에는 초록색 술병을 들고 있었다. 그 구역
질나는 초록색 병은 그의 손에 있는 게 당연했다. 내가 기억하는 한,
그는 한시도 손에서 술병을 내려놓지 않았으니까. 어린 시절에는 그

초록색 술병이 아버지 손의 일부라고 생각한 적도 있다. 그 정도로
그 투명한 초록은 그의 손에 있는 게 자연스러웠다. 하지만 과도는,
어머니의 피가 흐르는 과도는 그의 손에 있으면 안 되는 것이었다.
아버지의 풀린 동공이 천천히 나를 향했다.

"이제 오냐? 이리 와서 사과 좀 예쁘게 깎아봐. 씨발, 이 년은 사과
도 못 깎아."

아버지가 나에게 과도를 내밀었다. 바닥에 깎다가 만 못생긴 사과
하나가 구르고 있었다. 나는 아버지가 건네는 과도를 받아 들었다.
그 과도로 사과 말고 다른 것을 깎을 수 있을 것 같았다. 예를 들어
아버지의 머리라든가, 아버지의 목이라든가, 아버지의 피부라든가,
아니면 나의 피부라든가, 나의 목이라든가, 나의 머리라든가.

고개를 돌려 누워 있는 어머니를 바라봤다. 어머니의 몸은 기괴하
게 뒤틀려 있었고 목은 반쯤 너덜너덜해져 주위로 검붉은 피의 웅
덩이를 이루고 있었다. 전에도 그녀의 몸이 뒤틀렸던 적이 몇 번 있
었다. 몇 번? 아니, 수없이 있었다. 내가 보지 않았던 것까지 합친다
면 더 많겠지. 그녀의 몸을 뒤틀게 한 것은 열에 아홉은 아버지였다.
남은 하나는 그녀 스스로였다. 저것을 이제 어머니라고 부를 수 있
나, 내가 어머니라고 부를 수 있는 존재는 이제 어디에 있나.

사실 언제든지 이렇게 될 것을 알고 있었다. 언제든지 아버지는 어
머니를 죽일 수 있었고 언제든지 나도 아버지를 죽일 수 있었다. 항
상 차마 그러지 못했을 뿐이다. 그런데 아버지가 과도로, 어머니를
죽인 과도로 내 안의 '차마'를 끊어버렸다. 싹둑 잘렸다. 그래서 나도
아버지의 목을 잘랐다. 사실 이것은 공평하지 않다. 그 동안 그가 우

리에게 베푼 폭력을 생각한다면, 이 정도는 아직 한참이나 공평하지 않았다. 하지만 삶이란 것이 원래 불공평한 것 아닌가. 나는 어머니와 똑같이 목이 찢겨 그녀의 곁에 풀썩 쓰러지는 아버지를 바라보았다. 결국 오늘에서야 모든 일이 벌어졌다. 내 손에 들린 과도엔 이제 아버지의 피와 어머니의 피가 섞여 들었다. 우리는 가족이니, 그래, 가족이니 이제 내 피마저 섞이면 우리는 과도 안에서 다시 살게될 것이다. 하지만 나는 그러기가 싫었다. 죽어서까지 피가 섞이기는 싫었다. 그래서 새 칼을 꺼냈다. 과도보다 큰 식칼이었다. 과도보다 더 잘, 한 번에 썰릴 것이다. 나는 그때서야 문득 어머니와 아버지를 과도 안에 함께 살게 한 것이 죄송해졌다. 어머니는 죽어서까지 자신을 찌른 흉기 안에 아버지와 함께인 것이다. 각자 다 다른 칼에 살았어야 되는데, 하고 후회를 했다. 어머니, 죄송해요.

내가 떨어뜨린 비닐봉지를 주워들었다. 안에는 어머니가 먹고 싶다던 초밥이 들어 있었다. 그녀가 제일 좋아하던 연어초밥과 새우초밥을 꺼내 뒤틀린 그녀 앞에 두었다. 다행히 어머니의 눈은 감겨 있었다. 만약 떠 있었다면 나는 그녀의 눈을 마주하지 못했을 것이다. 나는 그녀가 별로 좋아하지 않던 문어초밥을 입에 넣었다. 어머니가 먹고 싶다던 초밥 상자에 그녀가 좋아하지 않는 문어초밥이 있는 이유는, 내가 가지고 있던 돈으로는 제일 저렴한 모둠초밥밖에 살 수 없었기 때문이다. 기억이 잘 나지 않는 언젠가 어머니에게 연어와 새우로만 된 초밥을 사주기로 했었는데, 결국 그녀는 모둠초밥밖에 먹지 못했다. 문어초밥은 그녀가 왜 싫어했는지 이해가 되지 않을 정도로 맛있었다. 나는 초밥을 씹으면서 어떤 생각을 했다.

내가 더 빨리 집에 왔다면 달라졌을까?
내가 초밥을 사러 나가지 않았다면 달라졌을까?
전날 사과를 남기지 않고 다 먹었다면 달라졌을까?
집 안의 모든 과도를 버렸다면 달라졌을까?
어머니는 죽지 않고 나는 아버지를 죽이지 않을 수 있었을까?

곰곰이 생각해 본 결과, 나는 간단하게 바뀌지 않았을 것이란 결론을 내렸다. 아버지는 굳이 사과가 아니어도 어머니를 죽였을 것이고, 굳이 오늘이 아니어도 언젠가는 그녀를 찔렀을 것이다. 나 역시 굳이 오늘이 아니어도 언젠가 아버지를 죽였을 것이고, 어머니가 죽지 않았어도 아버지를 죽였을 것이다. 동기나 타이밍의 문제가 아니었다. 이것은 언젠가는 벌어지고야 말 일이었던 것이다. 단지 그 날이 오늘이었던 것뿐. 어차피 바뀌지 않을 운명이었다. 질긴 문어초밥을 꼭꼭 씹어 삼키자 모든 미련이 사라졌다. 그리고 나는 개운한 상태로 칼을 들어 내 목을 찔렀다.

사라져 가는 의식 사이로 들어서는 안 될 생각 하나가 고개를 들었다.

'그래도 누군가는, 기왕이면 어머니는, 살 수 있지 않았을까?'

2

이것은 흔한 이야기이다.

지방에서 올라와 대학교 근처에서 홀로 자취를 하는 여대생이 범죄의 표적이 되는 것은 흔하다는 표현을 넘어서 어떠한 상식 같은 것이다. 어떤 범죄자도, 온 가족이 함께 사는 집에서 통학하는 건장한 남자를 노리지는 않는다. 그래서 내가 범죄의 표적이 되는 것은, 대상의 적절성으로 보았을 때, 이보다 더 적절한 표적을 찾을 수 없을 만큼 아주 흔하고 당연한, 범죄를 행할 범죄자에게 있어서 상식적인 일이었다.

나는 수개월째 스토킹을 당하고 있었다.

스토커는 내 목숨을 위협하지는 않았다. 아직까지는 그렇다는 것이다. 하지만 항상 나를 지켜보고 있다. 나는 그 시선을 느낄 수 있었다. 내가 학교에서 집에 갈 때, 아르바이트를 하러 갈 때, 도서관을 갈 때, 친구들과 놀러 갈 때, 그 모든 순간에 나는 스토커의 시선을 느낄 수 있었다. 일이나 학교가 늦게 끝나 밤에야 집에 갈 때는 나의 발에 맞춰 걷는 발걸음 소리가 들렸다. 내 걸음이 빨라지면 한 박자 느리게 그 걸음도 빨라지고, 다시 느려지면 한 박자 느리게 그 걸음도 느려졌다. 그래서 내가 공포심에 뛰기 시작하면 그 걸음은 이상하게도 감쪽같이 멈췄다. 그리고 멀어지는 등 뒤로 스토커의 소리가 들려왔다. 그 소리는 울음 같기도 하고 웃음 같기도 했다. 깔깔 웃는 소리 같기도 했고 서럽게 흐느끼는 소리 같기도 했다. 어쩌면 그 모두일지도 몰랐다. 아마도 스토커는 정신병원에서 탈출한 미친놈일 것이다.

스토커는 어떤 때에는 자취방 안까지도 들어왔다. 처음에는 알아차리지 못했었다. 하지만 점점 이상함을 느꼈다. 밖에 나갔다 오면 집 안의 물건들의 위치가 묘하게 바뀌어 있었다. 구겨져 있는 침구의 모양이 다르다든가, 아니면 깔끔하게 펴져 있다든가, 나는 설거지를 했던 기억이 없는데 설거지가 되어 있다든가, 전공서적을 분명 책상 위에 놓았었는데 좌식 테이블 위에 놓여 있다든가, 두 번째 서랍에 넣어둔 수첩이 세 번째 서랍으로 이동했다든가 하는 사소한 것들이었다. 하지만 이상하게도 없어지는 물건은 단 하나도 없었다. 스토커들이 그렇게 노린다는 속옷도 그대로였다.

나는 이 이야기를 내 주변 지인들에게 했다. 지방에 계신 부모님께는 말할 수 없었다. 공부 따위 때려치우고 다시 내려오라고 하실 게 분명했기 때문이다. 내 이야기에 지인들은 너무도 자연스레 네 착각일 것이라고 말했다. 그리고 너무 쉽게 내가 너무 예민한 탓이라고도 말했다. 아마 그냥 네 뒤를 걷던 일반인이었을 거라고, 오히려 네가 갑자기 뛰어서 당황했을 것이라고도 말했다. 물론 경찰서에도 가보았다. 하지만 직접적인 피해를 입은 것이 없기 때문에 조치를 취할 수 없다는 대답만이 돌아왔다. 사람들이 전부 나를 신경과민의 히스테릭한 여자로 보는 것 같았다. 아, 그것은 사실이었다. 당시 나는 신경과민도 맞았고 히스테릭한 것도 맞았다. 하지만 내가 그렇게 된 이유가 바로 망할 스토커 때문이었다는 것이다. 애초에 나는 귀가 얇고 남의 말에 잘 휩쓸리는, 살아가는 데에 있어서 별 도움이 되지 않는 성격이었다. 때문에 주위에서 그러면 금세 난 아, 역시 내가 너무 예민한가, 라고 생각하며 넘겼다. 속으로는 그렇게 쉽게 말하는 사람의 머리를 쥐어뜯고 싶었지만 그럴 용기는 없었기에 항상 속으로 꾹꾹 눌러 담았고 그 스트레스는 안에서 곪아갔다. 그리고 그날 밤길에서는 또 발소리와 실체를 알 수 없는 시선 안에서 공포에 떨었다. 역시 다음날에도 내 말을 믿어주는 사람은 아무도 없었다. 그들의 무관심은 또 하나의 공포였다.

내가 벗어나기 위해 아무런 노력도 하지 않은 것은 아니다. 어느 순간부터 포기했을 뿐이다. 나는 스토커를 떼어내기 위해 몇 번의 이사를 했다. 하지만 소용없는 짓이었다. 스토커는 어떻게든 다시 나를 찾아냈다. 그리고 절대 처벌받을 만한 해는 끼치지 않는 그 조용한 스토킹도 계속되었다. 주위 사람들 중에는 어차피 해는 끼치지 않는데 무슨 상관이냐는 이들도 있었다. 하지만 나는 미칠 지경이었다. 스토커는 아직까지는 나에게 해를 끼치지 않았지만 언제든지 끼칠 수 있는 입장인 것이다. 나는 그 수시로 느껴지는 시선, 그리고 방치된 위험과 이제 나를 정신병자 취급하는 타인들의 시선 사이에서 무엇이 진실인지 알 수가 없었다. 내가 맞고 그들이 틀릴 수도 있었고 그들이 다 맞고 내가 틀릴 수도 있었다. 스토커가 진짜 있을 수도 있고 모든 게 내 피해망상일 수도 있었다. 뭐가 뭔지, 도저히 알 수가 없었다. 그때 나는 지쳐 있었다. 부모님께 모든 걸 말씀드리고,

학교를 휴학하고 시골로 내려갈까 하는 생각마저 들었다. 내가 내려가지 않고 버틸 수 있었던 것은, 그 무렵 '그'를 만났기 때문이다.

만약, '그'를 만나지 못하고 시골로 내려갔다면 모든 게 바뀌었을까?

3

식칼이 내 목을 꿰뚫었다. 피가 분수처럼 솟았고, 몸은 경련하며 의식이 흐려졌다. 눈앞에 말로만 듣던 주마등 같은 것이 지나갔다. 지금 보이는 것이 내가 너무 어려서 기억하지 못하는 사실인지, 아니면 다음 생에는 그랬으면 좋겠다는 내 바람인지는 모르겠다. 어쨌든 화면 안에서 나는 행복한 어린 시절을 가지고 있었다. 집 안은 나름 부유했고 아버지는 손에 술병을 들고 있지 않았다. 어머니는 두 발로 걷는 나를 보고 박수를 치며 좋아하셨다. 잠깐의 행복했던 시절이 끝내 필름 감기듯 지나가고, 그 뒤로는 내가 기억하는 지옥이 맞았다.

아버지의 회사가 망한 것이 모든 불행의 시작이었다. 그가 술을 마시기 시작했고 순식간에 알코올 중독자가 되었다. 어머니는 일을 다시 시작했다. 어린 나는 말을 안 들었고 집에는 돈이 있을 때보다 없을 때가 더 많았다. 그 무렵 아버지가 더욱 미쳐갔고 술값이 떨어지면 어머니를 때리기 시작했다. 언제부터인가는 나도 맞았고, 그럼 어머니가 아버지에게 대들었다. 결국 집 밖으로 쫓겨날 때도 있었다.

쫓겨나는 날이면 어머니는 내 손을 잡고 동네를 돌았다. 내 입에 과자나 사탕을 하나 물리고 추운 밤을 걸으면서 여러 이야기를 해 주었다. 대부분 행복했던 과거에 관한 이야기였다. 아버지와 어떻게 만났고, 어떻게 연애를 했고, 어떻게 나를 낳았는지 하는 젊었을 적 돌아오지 않는 이야기들. 그럴 때면 어머니는 과거로 돌아간 것 같았다. 나는 그럴 때마다 어머니가 영영 과거로 가 버릴까봐 굳이 현실을 떠올리게 하는 질문을 했었다. '아빠 그런데 지금은 왜 저래?'와 같은. 그러면 어머니의 대답은 '곧 괜찮아질 거야.'였다. 아마 괜찮아지지 않을 것이란 것은 그녀 스스로가 제일 잘 알고 있었을 것이다.

내가 점점 더 크면서, 그녀의 '곧 괜찮아질 거야.'는 줄어들었다. 줄어들 수밖에 없었다. 아버지는 집에 거의 들어오지 않았지만, 가끔 들어오는 날에는 어김없이 폭력을 행사했고 주먹보다 더한 것을 휘두를 때도 있었다. 지칠 만했다. 그나마 다행이었던 것은 그때 내 키가 꽤 컸기 때문에 아버지는 나를 때리는 것을 그만 두었다는 것이다. 나는 그 지독한 폭력으로부터 일시적으로 벗어날 수 있었다. 그 대신 아버지는 내가 학교에 있거나 해서 집에 없을 때 홀로 있는 어머니를 더 괴롭혔다. 어떤 방법으로든, 더 괴롭혔다. 야비하기 짝이 없었다. 하지만 나는 학생이었기에 하루 종일 집에서 어머니를 지킬 수가 없었다. 아버지는 내가 집에 없을 때 들어와 어머니를 때렸고, 내가 돌아오기 전에 돈을 가지고 나가곤 했다. 결국 내가 고등학교에 들어갈 때쯤, 점점 작아지던 어머니의 '곧 괜찮아질 거야.'는 마침내 '이럴 팔자야.'로 바뀌었다. 어머니는 표정을 잃었고 말도 거의 하지 않았다. 제일 큰 변화는 나를 모른 척한다는 것이었다. 어느 순간부터 어머니는 나를 외면했다. 나에게 말을 걸지도 않았고 내 얼굴을 마주하지도 않았다. 아버지를 향한 증오가 나를 향한 것일 수도 있었다. 어머니가 유일하게 소리 내서 하는 말은 '절대 바뀌지 않아.'였다. 모두 아버지 탓이었다. 아버지가 어머니 얼굴에서 표정을 빼앗았고, 나를 외면하게 만들었다. 그렇게 아버지를 향한 나의 증오는 깊어졌다. 그때부터 나는 늘 다짐했다. 언젠가는 아버지를 죽여야지. 죽여 버려야지, 아마 아버지도 마찬가지 아니었을까. 늘 다짐하지 않으셨을까. '콱 죽여 버려야지.' 하고. 아니면 '콱 죽어 버려야지.'일 수도 있겠다. 그래도 그가 사람이었다면 후자였을 텐데.

그리고 그 일은 마침내 일어났다. 어머니의 말대로 모든 것은 바뀌지 않았다. 문득 그녀는 이렇게 될 것을 알고 있었을까 하는 생각이 들었다. 이렇게 될 운명이었던 것이다. 아버지가 어머니를 죽이고, 내가 아버지를 죽이고, 또 내가 나를 죽일 운명. 이젠 어떤 해방감마저 들었다. 이 지긋지긋한 삶이 드디어 끝나는 구나. 하나 영 아쉬운 것이 있다면 초밥이었다. 오늘, 어머니는 늘 모른 척하던 나에게 갑자기 초밥이 먹고 싶다고 했다. 나는 벌떡 일어나 초밥을 사러 나갔고, 연어초밥과 새우초밥 세트를 살 돈이 없는 것을 알고 좌절하다가 결국 모둠초밥을 샀다. 그렇게 사온 초밥을 그녀의 입에 넣어주지 못한 것이, 그게, 제일 아쉬웠다. 시간을 돌릴 수 있다면, 오늘이 아닌 언젠가, 돈을 빌려서라도, 훔쳐서라도 세트를 사와 그녀의 입에 넣어드렸을 텐데.

그녀가 내가 기대했던 웃음을 지으며 초밥을 먹는 것을 보지 못한 것. 그것 하나.

꺼진 의식 사이로, 누군가가 말을 걸었다.

"시간을 되돌려 줄까?"

4

'그'를 만난 것은 평소와 다름없는 하루였다. 나는 평소와 다름 없이 나를 따라오는 발소리에 겁을 먹으며 골목을 걷고 있었다. 여기서 더 빠르게 걸으면 스토커가 날 덮칠까, 여기서 태연한 척 더 느리게 걸으면 스토커에게 잡힐까, 갑자기 뛰면 평소처럼 발소리가 멈출까, 아니면 오늘에야말로 더 빠르게 뒤에서 뛰어와 내 입을 틀어막을까. 이것들이 평소 길을 걷는 내가 하던 일상적인 생각들이었다. 결국 하나, 둘, 셋, 하고 뛰기로 마음먹은 순간, 맞은편에서 걸어오던 남자가 갑자기 나에게 인사를 했다. 모르는 사람이었다.

"어, 세영이 맞지? 되게 오랜만이다 너! 이 시간에 혼자 집에 가는 거야? 내가 데려다 줄게. 같이 걸으면서 이야기나 하자."

남자는 내가 뭐라 대꾸할 틈도 없이 이야기를 뱉어내고는 자연스럽게 내 옆에 섰다. 그러고는 너 옛날이랑 키가 그대로냐, 라면서 키를 재는 척 머리 위에 손을 대고는 몰래 귓속말로 '되게 겁먹은 표정이셔서 봤더니 뒤에 이상한 남자가 계속 따라오고 있어서요. 저 아는 척하세요.'라고 말했다. 나는 얼떨결에 '응, 그치? 오랜만이네 찬호야.'라고 말했다. 그러고는 쭉 함께 걸었다. 우리는 애써 밝은 척하면서 어린 시절 추억 따위를 지어내느라 꽤 난감했다. 그러길 한참, 발소리는 어느 순간부터 나지 않았다. 내가 찬호라고 부른 남자는 흘긋 뒤를 돌아보고는 골목을 한 번 더 돌고 한숨을 쉬며 말했다.

"이제 갔나 봐요. 후, 세상에 별 이상한 사람이……"

"정말 고맙습니다. 진짜 무서웠는데…… 제가 차라도 한 잔 살게요."

"그러지 않으셔도 되는데, 굳이 거절하진 않을게요."

남자가 수줍게 웃었다.

나는 세영이 아니고 남자는 찬호가 아니었지만 우리는 다음날 학교 근처의 찻집에서 만나기로 했다. 사실 남자의 친한 척은 스토커에게 아무 의미가 없었을지도 모른다. 남자가 나를 향해 세영아, 라고 부르는 순간 스토커는 이미 우리가 모르는 사이란 것을 알았을 테니까. 집까지 따라오는 마당에 내 이름 정도는 진작에 알고 있었으리라. 하지만 어쨌든 남자는 내가 스토킹을 당하기 시작하면서 나를 도와준 처음이자 유일한 사람이었다. 아무도 나를 믿어주지 않는 상황에서 그가 유일하게 나를 스토커로부터 구해주려고 했다. 그것만으로도, 내가 남자를 좋아하게 될 이유는 충분했다. 홀로 자취하는 여대생이 범죄의 표적이 되는 것만큼이나 너무나, 당연한 인과관계였다.

우리는 다음날 약속했던 장소에서 만났다. 나는 손톱에 평소에는 하지 않던 매니큐어까지 칠하고 나갔다. 아주 작은 부분까지 깔끔하고 매끄럽게 보이고 싶었다. 남자는 먼저 와서 나를 기다리고 있었다. 입고 있는 초록색 니트가 잘 어울렸다. 어떤 옷이 자신에게 맞는지 알고 있는 것 같았다. 눈을 마주치고 어색하게 웃음 지은 우리는 이야기를 나누었다. 남자의 이름은 찬호가 아니라 찬석이었다. 그는 그래도 한 글자는 맞추지 않았냐며 웃었고 나는 그 웃음에 왠지 모르게 심장이 두근댔다. 나도 내 이름은 세영이 아니라 영희라고 알려주었다. 그리고 그는 또 자기도 한 글자를 맞췄다고 좋아했다. 심장이 더 두근거렸다.

헤어질 때쯤, 난 찬석에게 스토커에 관한 것을 이야기했다. 이야기를 듣고 날 이상하게 생각하거나 스토커 이야기에 겁을 먹은 그가 떠날 수도 있었지만 난 평소의 나답지 않게 모험을 했다. 지금까지 살아온 짧은 인생 중 제일로 떨리고 용감했던 순간이라고 장담할 수 있다.

나는 어제의 찬석처럼 속사포처럼 말을 뱉어냈다. 어제 하루만 그런 것이 아니라고, 나는 늘 두려움에 떨며 골목을 걷는다고, 하지만 주위사람들은 믿어주지 않는다고, 아무런 피해를 입지 않지 않았냐고, 다 나의 상상일 것이라고, 그래서 나는 진짜 내가 미친 것인지 혼동된다고, 하지만 당신이 어제 나를 도와줘서, 스토커가 있다는 것을 증명해 줘서 나는 이제 헷갈리지 않는다고, 당신이 나의 증인이자 구원자라고, 아, 너무 부담스러워하지 말라고, 그냥 그렇다는 비유일 뿐이라고, 그러니까 나는, 당신이 좋다고.

찬석은 나의 갑작스러운 이야기와 고백을 듣고는 당황한 것 같았지만, 바로 거절하지도 않았다. 그 대신 한 가지 제안을 했다. 내가 아르바이트가 끝나는 시간과 자신의 아르바이트가 끝나는 시간이 비슷하니, 그리고 둘 다 가까운 곳에 살고 있으니, (아, 찬석은 내가 다니는 대학의 바로 옆 학교였고 기숙사에서 살고 있었다.) 스토커가 따라오는 그 어두운 골목을 자신과 함께 걷자는 것이었다. 걸으면서 더 많은 이야기를 하고 서로를 더 알아보자는, 그러고 나서 다시 생각해 보자는, 나의 심장을 더 뛰게 만드는 제안이었다. 그 제안은 내가 걷던 공포의 골목길을 설렘의 장소로 바꾸는 마법을 부렸다. 내가 거절할 리가 없었다.

아마 지금 다시 그때로 돌아가더라도 나는 같은 선택을 할 것이다. 이미 찬석을 만나는 순간, 그가 나를 내 이름이 아닌 세영아, 라고 불렀던 순간부터 그럴 수밖에 없게 되었던 것이다. 그래서 나는 더 과거의 나를 증오한다. 시골에 내려갈까, 말까를 고민하던 때의 나를 증오한다. 내려가 버리자, 라고 확실히 결심하지 못했던 나를 증오한다.

만약 그랬더라면, 시골에 내려가서 그가 겁먹은 나를 볼일이 없었더라면, 그가 나를 도와주지 않았더라면, 그 찻집에서 만나지 않았더라면, 내가 그에게 고백하지 않았더라면, 그가 어떤 제안도 하지 않았더라면, 매일 밤 어두운 골목을 나와 함께 걷지 않았더라면, 그는…… 찬석은……

스토커가 휘두른 칼에 찔리지 않았을 텐데.

5

"가위 바위 보도 삼세판인 것처럼, 기회는 딱 세 번이야. 과거로 돌아갈 수 있어. 언제든지 상관없어. 후회했던 선택을 바꿀 수도 있어. 하지만 결과는 어찌 될지 몰라. 모든 것이 바뀔 수도 있지만 바뀌지 않을 수도 있지. 네가 선택해. 시간을 되돌려 줄까?"

나는 칼이 박힌 고개를 끄덕였다.

다음 순간, 내 목에는 칼이 박혀 있지 않았다. 보이는 것은 피가 흐르는 집이 아니라 시끌벅적한 학교의 강의실이었다. 핸드폰을 보니, 날짜는 어머니가 아버지에게 살해당하기 전날을 가리키고 있었다. 꿈인가? 꿈이 아닌가? 꿈일 리가 없었다. 분명 어머니의 피는 진짜였다. 이게 어떻게 된 거지, 진짜 과거로 돌아왔다, 때는 마지막 수업이 끝날 무렵의 강의실이었다. 동기들은 수업이 끝나고 저녁을 뭐 먹을지를 고민하고 있었다. 나는 저들이 무엇을 먹을지 알고 있다. 부대찌개.

"추우니까 부대찌개 먹자. 야, 김세호. 너도 같이 가."

"난 됐어. 너네끼리 맛있게 먹어라. 아, 근데 나 돈 좀 빌려줘."

수업이 끝나자마자 가방을 챙겨 나왔다. 동기에게 2만 원을 빌린 채였다. 나는 곧장 집에서 제일 가까운 번화가에 있는 초밥가게로 갔다. 그 곳에서 동기에게 빌린 2만 원과 몇 푼 안 되는 내 전 재산으로 새우초밥과 연어초밥 세트를 각각 포장했다. 집으로 가는 길이 급했다. 원래 오늘의 나는 끝내 함께 밥을 먹자는 동기에게 부대찌개를 얻어먹고, 도서관에서 밤늦게까지 공부를 하다가 집에 갔었다.

어머니, 어머니가 보고 싶었다. 그녀가 초밥을 보고 지을 표정이 궁금했다. 생각보다 많은 게 바뀌지 않을 것이란 것은 나도 안다. 그래도, 단 하나라도 바꿀 수 있다면, 그녀만이라도 살릴 수 있다면.

어머니는 평소와 다름없이 표정 없는 얼굴로 텔레비전을 보고 있었다. 그녀가 내 눈 앞에 살아있는 것이 믿기지 않아 나는 다리에 힘이 풀리고 눈시울이 뜨거워졌다. 다른 때와 다르게 집에 일찍 돌아와 현관에서 주저앉은 나를 어머니는 역시나 표정없는 얼굴로 빤히 쳐다보았다. 그리고 그대로, 아무 말도 하지 않으셨다. 그래도 상관없다. 그녀가 나를 무시해도 상관없다. 나는 그녀에게 아무것도 바라지 않는다. 나는 휘청거리는 다리를 어머니 앞으로 이끌어 포장해 온 초밥상자를 건넸다.

"이거, 초밥인데, 그, 예전에…… 모둠초밥 말고 어머니가 좋아하는 연어랑 새우로만 된 거…… 내가 사주기로 했었는데, 어머니, 기억나세요?"

"……아."

그녀는 초밥상자를 받아들고 그것을 망연히 바라보았다. 왜소한 그녀의 어깨가 약간 떨리는 것 같기도 했다. 푹 숙인 얼굴의 표정을 읽을 수가 없었다. 보고 싶은데 보기가 무서웠다. 아마도 확실한 것은, 내가 그토록 보고 싶어 하던 웃음은 아닐 것이란 사실이다. 왜냐하면 내가 어머니, 드세요, 라고 손을 내미는 순간, 그녀가 초밥상자를 바닥에 집어던졌기 때문이다. 그리고 그녀는 머리를 쥐어뜯으며 흐느끼기 시작했다. 좁은 거실에 울음소리가 울렸다. 나는 널브러진 초밥을 다시 상자에 주워 담아 쓰레기통 위에 두고, 바닥을 정리한 뒤 내 방으로 들어갔다. 그 순간에 내가 할 수 있는 것은 그런 것밖에 없었다. 어차피 먹을 수 없게 된 초밥을 정리하는 것 정도. 그녀의 울음소리는 더 커지기도 했다가, 어느 순간 작아지기도 했다가, 다시 노래하듯 흐느끼다가, 마침내 잦아들었다. 나는 문을 등지고 주저앉아 그 소리를 들었다. 계속 듣다 보니 어떤 노랫소리 같다고 느껴졌다. 내가 그녀의 노래가 듣고 싶은 것일지도 몰랐다. 그리고 어릴 적, 아버지에 의해 쫓겨나 밤 골목을 배회했던 그때를 떠올리며 잠들었다. 춥지만 춥지 않던 그때, 어머니가 밤하늘을 보면 부르던 「작은 별」.

역시, 시간을 되돌려도 생각보다 많은 것은 바뀌지 않는다.

눈을 떠보니 어느새 새벽이었다. 불편한 자세로 잠든 탓에 다리가 저리고 목이 뻐근했다. 기지개를 켜고 목이 타 물을 마시러 부엌으로 나갔다. 어머니는 안방에서 잠든 것 같았다. 그리고 난 부엌에서 뜻밖의 것을 발견했다. 내가 주워서 쓰레기통 위에 두었던, 엉망이 된 초밥 상자였다. 마땅히 쓰레기통 위에 있어야 할 그것은 깔끔하게 정리되어 식탁 위에 올라와 있었다. 안에 들어 있는 초밥은 반 정도밖에 없었다. 처음엔 아버지가 집에 온 것이라 생각했다. 배가 고파서 부엌을 뒤지다가 멀쩡해 보이는 초밥을 왜 쓰레기통 위에 뒀지, 하고 먹었겠지. 나는 과도를 손에 쥐고 좁은 집 안을 샅샅이 뒤졌다. 아버지는 없었다. 만약에 들어왔다가 다시 나간 것이라면 내가 못 들을 리가 없었다. 그는 절대로 조용히 나가지 않는다. 빼꼼, 열려 있는 안방 너머로 모로 누워 자고 있는 어머니의 구부정한 등이 보였다. 그리고 그 옆에는 내가 사왔던 두 개의 초밥 상자 중 하나가 깨끗이 비워진 채로 놓여 있었다. 마음에 작은 빛이 들었다. 비록 내가 보고 싶어 하던 웃음을 보지는 못했지만, 밤 골목에 울리던 그녀의「작은 별」을 들은 것 같은 기분이 되었다. 나는 정말 오랜만에, 기분 좋게 잠들 수 있었다. 잠을 자고 일어나 눈을 뜨면 다시 피 묻은 과도가 날 반기더라도, 나는 기분 좋게 내 목을 찌를 수 있을 것 같았다.

다행히 눈을 떴을 때 날 반기는 것은 피 묻은 과도가 아니라 누리끼리한 내 방의 천장이었다. 어머니는 거실을 청소하고 있었다. 내가 아는 오늘, 어머니는 이 시간에 베란다에서 빨래를 했었다. 아주 약간 바뀌었다. 나는 가슴 속에서 희망이 스멀스멀 피어오르는 것을 느꼈다. 나는 오늘 어느 곳도 나가지 않을 것이다. 그녀가 무엇을 먹고 싶다고 해도 사러 나가지 않을 것이다. 아버지가 집에 들어오지 못하게 할 것이다. 집 안의 과도를 전부 버릴 것이다. 어쩌면, 오늘 어머니는 살 수 있을지도 모른다. 아니, 그렇게 만들 것이다.

'오늘'은 놀랍도록 아무 일도 없이 지나갔다. 내가 집에 있다는 것을 아는지 아버지는 코빼기도 비추지 않았다. 이토록 조용히 지나간 '오늘' 앞에서 나는 일종의 허무함까지 느꼈다. 이렇게 쉽게 피할 수 있는 것이었나, 하는. 그리고 일주일 뒤. '오늘'처럼 아무 일도 없이 조용히 일주일이 지나간 뒤에 나는 모든 걸 쉽게 생각했던 자신을 후회했다.

내가 휴학 신청을 하러 학교에 간 그 잠시 사이, 홀로 장을 보러 간 어머니는 시장 한복판에서 아버지의 칼에 찔렸다. 목격했던 사람들의 말에 의하면 아버지는 시장 한복판에서 과도를 들고 어머니를 위협했고, 돈을 내놓으라고 소리를 질렀다고 한다. 어머니가 가지고 있는 돈이라고는 고작해야 1만 5000원이었다. 하지만 어머니는 그마저도 뺏기기 싫어 몸부림을 쳤다. 그 와중에 들고 있던 생선이 든 비닐봉지로 아버지의 얼굴을 쳤다. 아버지는 어머니가 자신의 얼굴을 생선으로 후려쳤다는 부분에서 이성을 잃었다. 본인은 생선보다 더한 것으로 우리를 쳤으면서, 고작해야 그런 것에 이성을 잃고 과도를 휘둘렀다. 막무가내로 휘두르던 과도는 정확하게 어머니의 목을 찢었다. 시장 한복판에 어머니의 검붉은 피가 흘렀고 아버지는 이번엔 어머니만 죽이지 않았다. 그라는 인간은 지독했다. 어머니를 도우려던 일반인들을 몇 명 더 찔렀고, 씨발, 내가 우습냐고 악을 썼다. 자신이 소싯적에는 사장님 소릴 들었었다고, 씨발, 사회가 좆 같은 탓이라며 망할 살인자년이 자신을 무시한다고, 그래 봤자 자기보다 못했던 년이 자기 얼굴을 치질 않았냐고, 씨발, 씨발, 좆 같다고. 그 씨발의 결과 생선을 파는 할아버지가 죽었다. 피를 흘리는 어머니를 응급처치를 하려다 씨발을 외치는 아버지에게 등을 찔렸다. 그때 아버지가 들고 있던 과도는 내가 '그날', 아파트 단지 안의 쓰레기장에 버렸던 과도였다. 물건은 주인을 찾아가기 마련이라는 생각이 들었다. 아버지는 한참 뒤에서야 도착한 경찰에게 연행되었다. 그때까지도 그는 모든 게 사회 탓이라고, 자신을 망하게 한 사회는 범죄자고, 저 년도 자신을 망하게 했으니 같은 범죄자 아니겠냐고. 귀가 먹었냐고. 저년은 범죄자라고, 범죄자를 죽인 게 무슨 죄냐는 말도 안 되는 악을 썼다.

그 소식을 나는 학교에서 들었다. 수업 중에 조교가 갑자기 날 급하게 불렀다. 동기들은 웅성댔다. *왜, 무슨 일 있는 거야?* 나는 그 상냥하고 가벼운 걱정에 마찬가지로 상냥하고 가볍게 대답해 줬다. *아니. 별 거 아니야. 나 먼저 간다. 교수님 죄송합니다.* 소식을 전한 조교만이 얼빠진 얼굴로 나를 바라봤다. 나는 조교에게도 상냥하고 가볍게 인사를 하고 강의실을 빠져나왔다. 그리고 걸었다. 이상하게 모든 것이 침착했다. 그냥 당연히 일어났을 일이었다는 것을 머리가 알고 있는 듯했다. 그러니 나는 지금 내가 해야 할 일도 알고 있었다. 나는 일단 뛰지 않고 집으로 갔다. 그곳에서 나는 침착하게 식칼을 챙겼다. 그리고 침착하게 경찰서에 가서, 침착하게 '저, 제가 저 사람 아들인데요, 이게 갑자기 무슨 일인지⋯⋯'를 말하며 고개를 푹 숙이고 있는 아버지의 목을 찔렀다. 아버지의 피가 내 얼굴에 튀었고, 오랜만의 사건으로 너무나도 분주해서 내 행동을 막지 못했던 경찰서는 더 더욱 분주해졌다. 경찰은 내가 아버지를 찌르는 것은 막지 못했지만, 더 더 더욱 분주해지기 싫었던 그들은 내가 자해하는 것을 막았고 수갑이 채워졌다. 그 뒤의 일은 잘 기억나지 않는다. 기자들은 나를 연예인처럼 따라다녔다. 연예인들이 참으로 고된 직업이라는 생각만이 들었다. 나에게는 패륜 살인자라는 별명이 붙었다. 그들이 뭐라 지껄이든 나는 신경 쓰지 않았다. 말하는 게 귀찮았기 때문에 아무 말도 하지 않았다. 나와 우리 가족을 잘 모르는 사람들이 우리를 분석하고, 결국 나에게 내린 판결에 대해 어떠한 반항도 하지 않았다. 단지 나는 틈만 나면 자살을 시도할 뿐이었다. 대부분의 과정은 미수에 그쳤다. 아마 더 더 더 더욱 분주해지기 싫어서였을 것이다. 그래서 나를 그렇게 막았을 것이다. 그 결과 나는 꿈처럼 몽롱한 몇몇의 과정을 거쳐 어떤 교도소에 수감되었다. 그리고 그 곳에서의 첫날밤에, 나는 깔끔하게, 목을 맸다. 어머니의 작은 별이 들리는 것 같았다. 아니면 작은 별 같은 흐느낌일 수도 있었다. 해방감이 내 몸, 그리고 목을 감싸고, 완전히 시야가 깜깜해지자 낯익은 목소리가 들렸다.

"이제 두 번 남았어. 언제로 돌아갈래?"

6

찬석의 제안 이후로, 우리는 거의 매일 밤 함께 골목을 걸었다. 찬석이 늦게 끝나는 날은 내가 그를 기다렸고, 내가 늦게 끝나는 날은 그가 나를 기다렸다. 우리는 언제부터인가 손을 잡았다. 밤 골목을 걸으며 많은 이야기를 나누었다. 스토커의 발소리는 들릴 때도 있고 들리지 않을 때도 있었다. 하지만 그때 나는 이미 다른 어떤 소리도 찬석의 낮은 목소리에 묻혀 들리지 않았다. 고요한 골목길에서 들리는 것은 오로지 그의 목소리였고, 다른 것을 들을 귀가 나는 없었다. 나는 행복감에 취해 있었다.

찬석은 지방에서 공무원을 하는 부모님을 둔 나와는 다르게, 개

인사업체를 가지고 있는 유복한 집안의 외아들이었다. 그는 작년에 군대에서 제대를 했고, 학교를 졸업하면 아버지의 사업을 이어받을 계획이라고 하였다. 나는 지금 다니는 프랑스어학과를 졸업하면, 잘 되어봤자 학원 강사 정도나 할 터였다. 끼리끼리 만나야 된다던 어머니의 말씀이 떠올랐지만, 그런 것은 중요하지 않았다. 우리는 밤하늘을 보며 걷다가 별을 발견하면, 서로 한 소절씩 「작은 별」을 불렀다. 노래는 이야기가 되었다가 다시 노래가 되었다가, 마지막엔 잘자, 라는 인사가 되어서 나의 자취방 앞에서 끊겼다. 매일 매일이 「작은 별」의 밤이었다.

그날 역시, 평소와 다름없는 「작은 별」의 밤이었다.

우리는 서로 잘 자, 라는 말을 열 번씩은 주고받은 뒤 헤어졌다. 찬석은 왔던 골목길로 되돌아갔고 나는 자취방으로 들어갔다. 조용한 자취방에서 옷을 갈아입고 있는데, 겉옷 주머니에서 뭔가가 툭 떨어졌다. 찬석의 손수건이었다. 아르바이트가 끝나고 포장마차에서 군것질했을 때, 어묵의 간장이 손에 묻어 찬석이 닦아주었던 것이다. 간장 자국이 동그랗게 말라붙어 있었다. 아, 내가 가지고 있었지. 사실 손수건 따위는 어차피 다음 날에도 골목을 걸을 것이기 때문에 바로 돌려주지 않아도 상관없었다. 내가 그 밤에 갈아입던 옷을 다시 챙겨 입고 골목으로 나간 것은 그런 핑계를 대서라도 찬석을 한 번 더 보고 싶었기 때문이다. 이것 역시 사랑에 빠진 여대생이라면 누구든지 수긍할, 지극히 당연한 행동이었다. 찬석의 걸음은 느렸다. 원래 걸음이 빠른 나는 그와 조금이라도 더 오래 있기 위해 그의 걸음에 맞추어 걷곤 했다. 그러니 원래 걸음이 느린 그는 분명 멀리 가지 못했을 터였다. 터덜터덜 걷는 뒷모습을 잡고, 손수건을 건네주고, 손도 한 번 더 잡고, 기왕이면 입맞춤도 한 번 더 하고. 그럴 생각에 나는 설렜다. 그리고 골목의 코너를 돌았을 때 내 눈 앞에 나타난 것은 터덜터덜 걷는 듬직한 뒷모습이 아닌, 목에 칼이 박힌 채 피를 흘리며 쓰러져 있는 모습이었다.

찬석은 목에 박힌 칼을 빼내려고 붙잡은 상태에서 정지해 있었다. 금방이라도 칼을 뽑아낼 수 있을 것 같은데, 저 칼만 뽑아내면 만화에서처럼 아무렇지 않게 상처가 아물 것 같은데, 찬석은 그러지 못했다. 끝내 스스로 저 칼을 뽑지 못했다. 그는 허옇게 눈을 뜬 채였다. 검은 눈동자로 찬석 자신의 붉은 피가 비쳤다. 찬석이 뽑지 못한 칼을 뽑은 것은 쓰러진 그를 내려다보고 있는 검은 옷의 남자였다. 남자는 꺾인 찬석의 목을 쥐어 잡고 칼을 쓱 뽑았다. 칼이 뽑히고 푹 꺾인 머리는 부서진 마네킹 같았다. 그리고 그때서야, 남자는 그 모든 걸 지켜보고 있는 나를 발견했다. 사람이 너무 놀라면 아무 것도 할 수 없다는 것을 나는 그때 알았다. 비명을 지르는 것도, 도망을 가는 것도, 경찰을 부르는 것도, 아무것도 할 수 없었다. 그저 동그랗게 눈을 뜨고 그 모든 것을 바라보고만 있을 뿐이었다. 검은 옷의 남자와 눈이 마주쳤다. 남자는 우는 것같이 웃고 있었다. 일그러진 웃음이었다. 그리고 찬석을 찌른 칼로 나 역시 찌를 것이라는 생각과는 달리 그는 나를 빤히 바라보며 혼잣말을 하고는 골목길을 뛰어 사라졌다.

"그래도 다행이야. 이게 마지막이에요."

뛰어가는 남자의 발소리를 들으며 나는 정신을 잃었다. 무엇이 마지막이고 무엇이 다행이라는 것인지, 남자의 혼잣말을 이해할 수는 없었지만 나는 남자가 뛰는 발소리를 알았다. 그 숱한 밤, 나를 따라오던 골목길의 발걸음. 나의 스토커. 그가 결국 찬석을 죽였다.

그리고 모든 게 암흑인 상태에서, 처음 듣는 목소리가 나에게 말을 걸었다.

"기회는 세 번이야. 시간을 되돌려줄까?"

나는 아마도 '응'이라고 대답했을 것이다. 잘 기억나지는 않지만 분명히 그랬을 것이다. 그리고 아무것도 보이지 않던 시야가 확, 환해졌다. 지금, 나는 내 자취방 앞에서 찬석과 손을 잡고 있다. 손에 느껴지는 온기를 믿을 수 없었다.

"영희야, 영희야? 갑자기 왜 그래?"

나는 눈앞에 보이는 찬석을 껴안았다. 아까 그건 꿈이었나? 내가 겪은 건 현실이 아니었나? 아니다, 그럴 리가 없다. 목이 찢긴 찬석은 분명 현실이었다. 나는 내 품 안에 느껴지는 온기를 놓칠 수 없었다. 찬석을 껴안고 어깨너머로 어둠이 깔린 골목길을 바라봤다. 우리가 걸어온 길이었다. 저 안 어둠 어딘가에, 검은 옷의 남자가 우릴 보고 있을 것이다. 그리고 나는 절대, 찬석을 저 안으로 보내지 않을 것이다.

"우리 집에서 자고 가."

찬석은 나를 거부하지 않았다.

7

　나는 평소처럼 태연하게 '어머니, 저 다녀올게요.'라고 말하고 집을 나왔다. 여전히 어머니는 아무런 대꾸도 하지 않으셨다. 그 동안은 아무렇지 않았는데, 이상하게 오늘은 좀 가슴이 시큰했다. 그리고 나는 아버지가 있을 만한 장소를 기웃거리기 시작했다. 집 근처의 낮 술집, 동네 공원, 편의점, 다방, 그러다 문득 깨달았다. 지금 내가 집 밖에 있는 동안 아버지가 향할 곳은 바로 어머니 홀로 있는 집이라는 것을. 그는 귀신같이 내가 없는 순간에 집에 들어와 쑥대밭을 만들곤 했다. 난동에 최적화된 남자였다. 나는 집으로 다시 뛰었다. 낡은 엘리베이터가 높은 층에서 움직이지 않아 집이 있는 층까지 계단으로 뛰어 올라갔다. 현관문이 열려 있었다. 불길한 예감이 들었다. 그리고 대부분의 불길한 예감은 틀리지 않는다. 집 안에서 어머니의 비명이 들렸다. 나는 집에서 나올 때 챙겨 나온 칼을 품에서 꺼냈다. 어머니를 살리는 방법은 이것밖에 없었다.

　아버지가 어머니를 살해하기 전에, 내가 먼저 아버지를 죽여야 했다.

　집 안으로 들어가자, 어머니의 머리를 벽에 사정없이 처박고 있는 아버지가 보였다. 어머니의 이마에서 흐른 피가 바닥을 적셨다. 붉은 피가 창백한 장판바닥을 물들이자, 본능적으로 몸이 뒤틀리고 목이 꺾인 그녀의 모습이 떠올랐다. 마찬가지로 창백한 바닥을 적시던 피, 피, 피, 안 돼! 절대 그렇게 되게 할 수 없었다. 나는 마침내 이성의

끈을 놓았다. 그 시점에서 나는 이미 아버지와 같은 짐승이 된 것인지도 몰랐다. 하지만 상관 없었다. 그와 같은 무엇이 되는 것은 어찌 보면 그의 아들인 나에게는 당연한 것으로 느껴지기까지 했다. 지금 내 머릿속을 채운 것은 오직 아버지를 죽여야 어머니가 산다는 사실뿐이었다. 이미 두 번의 자살과 어머니의 죽음으로 내 정신은 피폐해져 있었다. 선택과 집중을 해야 할 때다. 아버지의 몸을 들이받아 쓰러트리고 그 위에 올라탔다. 그리고 한 치의 망설임도 없이, 당황스러움으로 번들거리는 눈을 바라보며, 그의 목을 찢었다. 마침내 그의 뜨거운 피가 불쾌하게 내 얼굴을 덮쳤다.

끝났다. 마침내 아버지'만' 죽고 끝이 났다. 어머니는 살았다. 고개를 돌아 어머니를 바라봤다. 그녀의 텅 빈 동공이, 원래도 비어 있었지만 그보다 더, 더 비어 있는 동공이 나를, 아버지의 목을 찢은 나를, 그리고 목이 찢긴 아버지를 바라보고 있었다. 우리는 과연 살았나. 살았다고 할 수 있나. 저 텅 빈 눈동자는 아무리 봐도 죽은 자의 것만 못한데. 어머니의 눈은 언제부터 저렇게 비어 있었나. 차라리 죽음의 순간에서까지 발악했던 아버지의 부릅뜬 눈이 더 살아있는 것처럼 느껴졌다. 어머니의 동공을 차마 계속 바라볼 수 없어 나는 고개를 돌렸다. 벽에 붙어 있다 떨어져 깨진 거울에 내 얼굴이 비쳤다. 어머니의 텅 빈 눈이 그 곳에 있었다. 텅 빈 동공을 가진 괴물이었다. 내가, 그것이었다.

이게 아닌데.

이게 아니다.

내가 바꾸고 싶었던 것은 이런 게 아니다.

나는 그때서야, 어머니의 그 눈, 나의 눈을 보고서야, 누구를 막고 누구를 먼저 죽이는 것으로는 아무 소용이 없다는 것을 알았다. 문제의 시발점은, 그보다 더 근본적인 곳에 있었다. 이보다 훨씬 전, 어머니가 표정을 잃기 전, 아버지가 술을 마시기 전, 아버지의 회사가 망하기 전, 그리고 우리가 행복했을 때보다 더, 더, 더 전에. 내가 태어나기 전에. 그 두 명이 만나기 전에.

"이제 한 번 남았어."

낯익은 목소리가 머리에 울렸다. 나는 목소리에게 물었다. 나는 이제 진짜로, 무엇을 해야 할지 알고 있다. 머릿속에 어떤 확신이 들었다.

"내가 태어나기 전으로도 갈 수 있어?"

"당연하지."

목소리가 기다렸던 대답이란 듯이 깔깔깔 웃어댔다.

8

나와 찬석은 그날 밤 허름한 자취방의 작은 창문으로 작은 별을 보았다. '반짝반짝 작은 별. 아름답게 비추네……' 한 문장씩을 읊었고, 우리는 항상 하던 '잘 자' 라는 말 대신 다른 소리를 주고받았다. 찬석이 내 옆에서 곤히 잠든 새벽에 나는 다른 생각으로 잠을 잘 수 없었다. 무사히 이 밤을 넘겼다. 골목에 찬석을 던져주지 않아서 그는 이 밤으로부터, 검은 옷의 남자로부터 살아남았다. 하지만 이 뒤로는? 이 뒤로 찬석이 안전하다는 보장이 있나? 확신할 수 없었다. 알 수 없는 것투성이였다. 이제는 그 밤에 있었던 일 역시 확신이 들지 않는다. '모든 건 네 착각이야.' 누군가의 목소리가 떠올랐다. 역시 내가 봤던 것은 꿈이었나? 하지만 끔찍했던 잔상이 너무도 생생히 뇌리에 남아 있었다. 나는 내 고지식한 두뇌가 그런 정교한 장면을 상상해 낼 수 있을 것이라고는 생각하지 않는다. 내가 정신을 잃었을 때 들려온 목소리는 무엇이었을까 시간을 되돌려 준다던 그 목소리.

찬석은 해가 뜨자 기숙사에서 교재를 챙겨야 한다며 일찍 나갔다. 나는 그가 골목으로 나가는 것 자체가 두려웠지만 그렇다고 그를 하루 종일 가둬둘 수도 없는 노릇이었다. 하루만 수업을 빠지면 안 되겠냐는 나의 애원에 돌아오는 것은 오늘따라 왜 이러냐는 대답이었다. 결국 그는 잠시만 기다리라는 말을 남기고 떠났다.

나는 하루 종일 다른 생각을 할 수 없을 정도로 불안했다. 하지만 다행스럽게도 그 날은 싱거울 만큼 아무 일도 일어나지 않았다. 다음 날도, 그 다음 날도 마찬가지였다. 아무 일도 일어나지 않았다. 평온이 반복되자 초조했던 마음이 누그러지기 시작했다. 어느 순간부터인가 기분 나쁘게 달라붙던 스토커의 시선도 느껴지지 않게 되었다. 집 안의 물건들은 사소하게 바뀌거나 없어지지 않았고, 만약 그렇다고 하더라도 다음 날이나 이틀 뒤쯤, '아, 역시 내 착각이었구나.'를 깨닫곤 했다. 찬석의 먼 친척이 돌아가셔서 함께 밤의 골목을 걷지 못했던 날에도 나를 따라오는 발소리는 들리지 않았다. 그 밤을 기점으로 스토커는 마치 애초에 존재하지 않았다는 듯이, 자신이 하던 스토킹처럼 조용히 사라졌다.

나는 그 뒤로 하루하루가 행복했다. 찬석과 주고받는 사랑과 스토커로부터의 해방감을 한 몸에 다 주체하지 못해 행복감이 넘쳐흘렀다. 과포화 상태였다. 나는 비극을 피했다는 것에서 약간의 뿌듯함까지 느끼곤 했다. 어떤 영화의 해피엔딩을 이끌어낸 주인공이 된 것 같은 기분이었다. 주위 사람들은 종종 '어머, 너 요즘 얼굴 좋아졌다. 그 의심병 다 나았나 보네. 연애하니.'라며 약간 비꼬는 것인지 칭찬하는 것인지 알 수 없는 말을 건넸고 나는 그 말에 최대한 밝게 웃으며 '네, 저 연애해요. 요즘 너무 행복하네요.'라는 대답을 했다. 그 뒤로 그들이 어떤 표정을 지었는지, 축하해 주는 표정이었는지, 배 아파하는 표정이었는지는 제대로 보지 않았기 때문에 알 수 없었다. 별로 중요하지도 않았다.

그런 나날들이었다. 나는 언제까지고 그런 날들이 계속될 것이라고 믿었다. 그리고 대부분의 이야기들이 그러하듯이, 사람의 인생이란 것이 그러하듯이. 이미 시작된 비극이 그러하듯이 그런 날들은 계속되지 않는다. 그런 날들은 짧기에 달콤한 것이다. 비극은 부메랑처럼 돌아오기 마련이고, 내가 해맑게 웃던 그 시점에 다시 우리에게로 방향을 틀었다.

스토커는 나에게서 떨어져 나간 것이 아니었다. 단지 '잠시' 표적을 바꿨을 뿐이었다. 나에게서 찬석으로. 내가 오랜만에 동기들과 술자리를 가지느라 그를 만나지 못했던 밤이었다. 찬석이 늦은 시간까지 도서관에서 공부를 하고, 근처 가게에 잠시 캔 커피를 사러 나온 그 순간에 스토커는 또다시 찬석의 목을 찢었다. 나는 막걸리에 소주를 섞어 마신 다음 날 아침에 소식을 듣고 그의 시체를 확인했다. 찬석은 너덜너덜하게 찢긴 목만 뺀다면 그냥 그렇게 누워 있는 것 같았다. 그냥 자고 있는 것 같았는데, 그의 차가운 손을 만지고서야 나는 그가 죽었다는 것을 알았다. 차갑고, 차갑고, 차가운 손…… 메슥거렸다. 구역질을 하는 나를 보고 동행한 경찰은 '아가씨 비위가 약하네, 전날 술 마셔서 그래.'라고 말했다. 나는 뭐라 대답할 수가 없었다.

아니요 아저씨, 이게 그, 술 때문은 아닌데 술 때문이 맞는 거 같기도 하지만 제 비위가 그렇게 안 좋다기보다는 어쨌든 보통인 정도인데 이게 그 찬석이 여기 누워 있으니 제 속이, 웩.

그리고 화장실로 뛰어가 구토를 했다. 전날 먹은 소면과 김치전 따위의 안주들이 그대로 올라왔다. 안주들을 토해낸 다음엔 술들을 토해냈다. 어떤 덩어리도 없는 투명한 위액까지 토해내고 나서야 나는 화장실에서 나올 수 있었다. 하지만 메슥거림은 멈추지 않고 계속되었다.

무능력한 경찰은 범인을 잡지 못했다. 스토커는 머리카락 한 올, 흔적 하나를 남기지 않고 자취를 감추었다. 마치 찬석을 죽이는 것이 인생의 목표였다는 듯이, 그 목표를 이루고 미련 없이 증발해 버린 것 같았다. 나는 곰곰이 생각했다. 찬석의 장례가 치러지고, 그가 뼛가루만 남긴 채 태워지고, 강바람에 하얗게 날리고, 혹은 하얗게 가라앉는 동안 계속해서 생각을 했다. 생각, 생각, 생각, 그는 왜 죽었을까 죽을 수밖에 없었을까, 진정 벌어질 일은 벌어지고 마는 것인가. 생각이 꼬리에 꼬리를 물고 머릿속에서 숨바꼭질을 했다. 이 생각을 하면 저기서 저 생각이 고개를 내밀고 저 생각을 잡으러 가면 이 생각이 다리를 걸었다. 밥도 먹지 않고 잠도 자지 않고 아무도 만나지 않고 기왕이면 숨도 쉬고 싶지 않았으나 어쨌든 숨은 쉬면서 생각의 꼬리잡기를 이어나간 결과, 나는 한 가지 생각에 도달했다. 그러니까 결국 나의 스토커에게, 나 같은 것을 왜 스토킹하는 것인지 도무지 이해할 수 없는 나의 추종자에게 살해당한 찬석을 살리려면 그는 나를 만나지 말아야 했다는 결론이다.

머릿속에서, 한 번 들어본 적이 있는 목소리가 울렸다.

"이번에는 언제로 돌아갈지 정했어?"

"응."

목소리는 '이제 두 번째야'라는 말과 함께 깔깔 웃었다. 목소리의 주인이 누구인지는 중요하지 않았다. 어쨌든 목소리는 나에게 찬석을 살릴 소중한 기회를 주는 신이나 마찬가지였으니까. 내가 대답함과 동시에 시야는 어둠으로 가득 찼다.

달력은 찬석이 살해당하기 두 달 전을 가리키고 있었다. 내가 부모님께 모든 것을 다 말하고 시골로 돌아갈지 말지를 고민하고 있었을 때였다. 아직 우리가 만나기 전이었다. 그리고 바로 오늘 밤, 나는 밤의 골목에서 그를 만난다. 그는 바로 오늘 밤, 겁을 먹은 나를 보고 반갑게 '세영아.' 라고 내가 아닌 이름을 부른다. 그러니 나는 오늘 그 골목을 걷지 않을 것이다. 정신이 듦과 동시에 일을 하던 곳으로 전화해 급한 일이 생겨 그만둬야 한다고 말했다. 바로 당장부터 갈 수 없을 것 같다고, 정말 죄송하지만 정말로 급하기 때문에 어쩔 수 없으니 이해해 달라는 말과 함께 오직 내 할 말만을 하고 뚝 끊었다. 그리고 짐을 싸기 시작했다. 언젠가 동기들과 샀던 여행 가방을 꺼내서 보이는 이것저것을 다 집어넣었다. 무엇이 들어 있는지 전혀 알 수 없는 짐 가방이 꾸려졌다. 나는 그 짐 가방을 들고 바로 버스터미널로 향했다. 그 곳에서 고향으로 가는 일반 버스표를 끊었고, 버스는 20분 뒤에 출발했다. 모든 게 단, 두 시간 안에 벌어진 일이었다. 오늘 나는 서울에 없다. 서울에 있을 찬석을 만날 모든 가능성이 배제되었다. 오늘 우리는 서로 만나지 않을 것이고, 서로 이야기를 나눌 일도 없을 것이고, 다음 날 카페에서 만나지도 않을 것이다. 그러니 내가 그에게 고백도 하지 않을 것이고, 그는 나에게 제안을 하지도 않을 것이다. 매일 밤 골목을 걷지 않을 것이고, 스토커의 눈에 띄지도 않을 것이다. 결국 그는 죽지 않을 것이다. 그럴 것이다.

서울에서 버스를 탄 지 세 시간 만에 나는 고향에 도착했다. 갑작스럽게 집에 온 나를 보고 어머니는 이게 무슨 일이냐며 호들갑을 떠시곤 식사를 차려주었다. 아버지는 무슨 힘든 일이 있냐고 조심스럽게 묻기만 했다. 나는 어떠한 대답도 할 수 없었다. 대답은커녕 아무 말도 할 수 없었다. 그 날 밤 나는 오랜만에 어머니가 차려주신

밥상에서 두 공기를 해치웠다. 그 시간은 원래 찬석이 나를 보고 '세영아.' 하며 아는 척을 해왔을 시간이었다. 이 시간에서의 그는 나라는 사람을 모르겠지만, 그래도 덕분에 그는 살 것이다. 그거면 되었다. 이별은 나 혼자면 된다.

나는 고향에서도 한 달 동안 집 밖으로 한 발자국도 나가지 않았다. 그럴 리 없겠지만 행여나, 이 지역에 찬석이 친구들과 여행 따위를 온다 해서 나와 마주칠 수도 있었으니까. 사람 일은 어떻게 될지 모르는 거니까. 부모님은 아무 말도 하지 않고 그런 나를 걱정하셨다. 하긴, 내가 부모님이었어도 그랬을 것이다. 그래서 나는 집 안에서만은 평범하게 행동했다. 아무렇지 않은 척, 아무 일도 없는 척, 그럼에도 부모님은 이따금 밥을 먹다가 왜 밖에 나가지 않는 것이냐고 물었고, 나는 그냥 나가고 싶지 않아서, 라고 대답했다. 그 뒤로는 더 캐묻지 않으셨다. 아마 아무렇지도 않지 않다는 것을 그들은 알았을 것이다. 그래도 더 캐묻지 않는 것이 나는 마냥 고마웠다.

한 달이 지나고부터는 가끔 외출을 했다. 집 앞의 슈퍼를 다녀올 때도 있었고 집 근처의 공원을 한두 시간 산책할 때도 있었다. 그리고 더 시간이 지나고 나서는 드문드문 고향 친구들을 만났다. '어머, 진짜 오랜만이다, 너 내려 온지도 모르고 있었지 뭐야, 빨리 말하지 그랬어, 그냥 그랬어, 이렇게 만났으니 된 거지 뭐, 거기 가자, 그 분식집, 그래, 그래, 근데, 갑자기 왜 내려온 거야? 아직 학기 중 아니야?'

그러면, 나는 또 할 말이 없어지곤 했다. 가끔씩 아무 목소리도 낼 수 없는 날들이 있었지만 고향에서의 나날들은 대체로 평화롭고, 안정적이었다. 어떠한 변화도 없었고 모두 알던 사람들이었다. 이 곳에서 한 1년 정도 있으면 모두 잊을 수 있을 것 같았다. 내가 찬석을 만났었다는 사실도 잊을 수 있을까? 아니, 그것은 힘들 것이다. 하지만 지금의 그가 나를 전혀 모른다는 사실 정도는 버틸 수 있을 것 같았다. 나는 그냥 그런 생각을 하며, 어머니가 차려주신 순두부찌개와 달걀말이, 그리고 참나물이 있는 아침을 먹고 후식인 과일을 집어먹고 있었다. 사과와 감이었는데, 사과는 잘라 놓고 시간이 지나서 갈변이 되었고, 단감은 그리 달지는 않고 약간 텁텁했다. 단 감이면 달아야 하는 거 아닌가. 왜 단 감이 달지 않고 떫지. 소파에서 내 옆에 앉아 있는 아버지 역시 단 감이 아닌 떫은 감을 집어먹으며 신문을 보고 계셨다. 괴한, 아마도 사회부적응자로 추정되는 누군가가 저지른 묻지 마 살인사건에 관한 기사였다. 범인은 아직도 잡히지 않은 상태였다. 무차별 살인이라니, 그 많은 서울 인구 중에서 하필 눈에 띄어, 아무 이유도 없이 얼굴 한 번 본 적 없고 해 한 번 끼친 적 없는 사람에게 죽임을 당하는 건 무슨 느낌일까? 아마 견딜 수 없는 억울함이겠지. 나는 그 느낌을 안다. 아버지가 보는 신문을 곁눈질로 계속 읽었다. 그리고 나는 기사의 한구석에서 낯익은 얼굴을 발견했다.

서울 금진구 모 대학 재학 중이던 김모씨, 괴한에게 찔려 살해당해

찬석의 얼굴이 그 곳에 있었다.
감은 여전히 떫다.

9

    내가 태어나기 전, 어머니와 아버지가 결혼을 하기 전, 어머니와 아버지가 사랑에 빠지기 전, 어머니와 아버지가 마주치기 전, 그때 그 시점, 우리 가족의 비극이 시작된 시점으로 돌아가야 한다. 아버지와 어머니는 만나지 말았어야 했다. 그리하여 둘이 결혼하지 않는다면 비록 내가 태어날 수 없더라도 괜찮았다. 그녀를 위해서라면, 나는 없어져도 좋았다. 나는 그 시점으로 돌아가기 위해 어머니가 어릴 적 골목을 걸으며 나에게 했던 이야기를 떠올리며 기억을 더듬어 내려갔다.

    "옛날에, 아주 나쁜 사람이 있었어. 엄마를 막 괴롭히고, 만날 따라다니면서 무섭게 했어."

    "응. 나쁜 사람이네."

    "그치. 어느 날도 그 나쁜 사람이 엄마에게 해코지를 할까봐, 엄마가 겁에 질려서 걷고 있는데, 저 멀리서 처음 보는 사람이 갑자기 뛰어오더니 엄마를 나쁜 사람으로부터 지켜줬어."

    "우와! 그 사람은 좋은 사람이네."

    "그치? 그게 바로 네 아빠야. 아빠가 지금은 많이 힘들지만, 사실은 그렇게 좋은 사람이었어. 그러니까 아빠를 너무 미워하지 마. 아빠는 사실 좋은 사람이야."

    "몰라. 그건 모르겠어. 계속 모를래."

    그리고 어머니는 아버지를 만나고 1년을 연애하다가, 내가 생기는 바람에 결혼을 서둘렀다고 했다. 그래, 그 시점으로 가야겠다.

나는 내가 태어나기도 전인 1990년으로 1월로 돌아갔다. 어머니가 아버지를 만났던 게 1990년도란 것은 알았지만 정확히 몇 월, 며칠, 언제 어디인지는 알 방법이 없었기 때문에 첫 달인 1월로 돌아간 것이다. 가자마자 난 어머니가 다녔다는 학교를 찾았다. 과 사무실 사람들이 점심을 먹으러 나간 틈을 타 학생기록을 뒤졌다. 86학번 최영희, 어머니의 이름이었다. 거기서 어머니의 집 주소를 알아냈다. 옛날이라 기록이 아날로그적인 방법으로 보관되어 있었기 때문에 가능했다. 요즘처럼 뭐든지 비밀번호가 걸려 있고, 수시로 인증을 해야 했으면 찾기 힘들었을 것이다. 그 뒤로는 늘 어머니를 따라다녔다. 젊었을 때의 어머니는, 그 시절의 어머니는, 내가 생기기 전의 어머니는 생각보다 훨씬 생생하고 아름다웠다. 저 모습을 그대로 지켜주고 싶었다. 아버지와 나와 같은 불순물이 어머니의 인생에 끼어들지 않게 내가 지켜줄 것이다.

　어머니의 아르바이트는 늦은 시간에 끝났다. 나는 그녀의 밤길을 따랐다. 내 나이의 어머니, 그것도 그녀의 뒷모습을 보며 걷는 것은 기분이 묘했다. 집을 쫓겨나 한없이 골목을 맴돌던 어릴 적이 떠올랐다. 마치 그때 같았다. 가끔 그녀는 내 발소리를 듣는 듯했다. 태연히 걸을 때도 있었고 갑자기 뛸 때도 있었다. 그녀가 갑자기 뛰면 나는 굳이 따라가지 않았다. 그녀 입장에서 생각해 보면 한밤중에 자신을 따라오는 듯하는 발소리가 들린다면 무서울 것이 당연했다. 나는 그 뒤로 더욱 더 소리를 내지 않고 숨어 걸었지만 그녀가 갑자기 뛰는 날은 가끔 있었다. 뛰는 그녀의 뒷모습을 보면 갑자기 슬퍼지곤 했다. 미래에서 온 나로부터 도망치는 그녀가, 마치 내가 괴물이라고 말하는 것 같았다. 어찌 보면 맞는 말이었다. 나는 그녀의 불행의 씨앗이었고 비극의 상징이었다. 나는 절대 그녀 앞에 모습을 드러내지 않을 것이다. 이 끔찍한 모습을 보여 줄 자신이 나한테는 없다. 가끔은 그녀의 집에 몰래 들어가 연락처 수첩 같은 것을 뒤졌다. 행여나 내가 따라다니지 못했을 때 아버지와 만났을 수도 있을 테니까. 하지만 수첩과 방에서는 아직은 아버지의 흔적을 발견할 수 없었고 나는 대개 그냥 돌아 나오곤 했다.

내가 태어나기 전의 과거로 넘어오면서 나는 배고픔을 느끼지 않게 되었다. 아마도 원래 미래에서의 시간이 멈춰져 있기 때문인 것 같았다. 잠도 자지 않아도 되었지만 길고 따분한 하루를 버티기가 힘들어 잠은 간간히 자두었다. 동네 공원 벤치에서 잘 때도 있었고 지하철역에서 노숙자 체험을 할 때도 있었다. 어머니가 다니는 학교의 학생인 척 학생휴게실이나 도서관에서 잠든 적도 있었다. 나중에는 근처 판자촌에 사람이 살지 않는 빈 집을 발견해 그곳에서 시간을 때우곤 했다. 어머니를 따라다니지 않는 날이면 나는 그 폐허의 공간에서 주로 생각을 했다. 생각, 생각, 생각, 아무리 생각해도 답은 하나였다. 어머니와 아버지가 사랑에 빠지기 전에 아버지를 죽여야 했다. 만날 인연은 굳이 그 순간이 아니어도 언제든 만날 수 있으니까. 둘이 영영 만나지 못하게, 하나를 없애야 한다. 나는 미래에서 가져온 유일한 물건인 과도를 품에 안았다.

그리고 사흘 뒤, 밤의 골목에서 어머니와 아버지가 만났다. 아버지는 어머니를 '세영아.'라고 불렀고 어머니는 애매한 말투로 '그래, 찬호야.'라고 대답했다. 어머니의 이름은 세영이 아닌 영희였고 아버지의 이름은 찬호가 아닌 찬석이었다. 하지만 나는 남자를 보는 순간 한눈에 그가 나의 아버지란 것을 알 수 있었다. 둘은 서로 친한 척 이야기를 나누었지만 아마 누가 봐도 좀만 자세히 본다면 서로 처음 만난 어색한 사이란 것을 알아챘을 것이다. 말도 안 되는 이야기를 지어내며 나를 의식하는 것이 느껴졌다. 둘은 밤 골목을 계속 함께 걸었지만 난 그 날은 더 이상 그녀를 따라갈 수 없었다.

옛날에, 아주 나쁜 사람이 있었어. 엄마를 막 괴롭히고, 만날 따라 다니면서 무섭게 했어.
응. 나쁜 사람이네.

어머니를 괴롭히고, 만날 따라다니면서 그녀를 무섭게 했던 나쁜 사람이 바로 나라는 것을, 미래에서 온 그녀의 아들, 비극의 증거, 불행의 씨앗인 바로 나라는 것을 나는 이제야 깨달았다. 이게, 어떻게……. 시간을 되돌려준다며 깔깔깔 웃던 목소리는 신이 아니라 악마였다.

나는 그 길로 폐허에 처박혔다. 그리고 다시 생각을 시작했다. 또 다시 생각, 생각, 생각. 이게 어떻게 된 거지? 그러니까, 결국 어머니 와 아버지를 만나게 해준 것이 미래에서 온 나였다는 것이다. 내가 어머니를 지켜준답시고 따라다닌 것이 결국 그녀를 괴롭혔다. 왜 이 제야 알게 된 것일까? 내가 바로 그녀의 나쁜 사람이었고, 좋은 사람 으로서의 아버지를 만나게 해 준 것이다. 전부 내 탓이었다. 미래에 서 온 내가 그 둘을 만나게 했고 그 둘을 사랑에 빠지게 했다. 결국 둘을 불행하게 만들었다. 절망에 몸부림치는 날들이었다. 나의 선택을 후회했다. 살면서 한 번이라도 후회하지 않는 선택을 한 적이 있었던가. 내 모든 선택은 후회의 연속이었고 이번 역시, 그랬다. 하지만 이제 와서 다시 돌아갈 수는 없었다. 이번이 나의 세 번째이자 마지막 기회였다. 그 둘이 나로 인해 만나게 되었든, 나로 인해 결혼하게 되었든 이제는 상관없다. 그 원인이 나라는 것을 알았고 나는 저 둘의 미래, 그리고 나의 현재와 절망을 알고 있으니 내가 할 수 있는 선택지는 하나였다. 나는 원래 계획대로, 아버지를 죽일 것이다.

다음 날 나는 그들이 지나가는 골목 어딘가에 몸을 숨겼다. 아버지와 어머니가 손을 잡고 서로 「작은 별」을 한 소절씩 나눠 부르는 소리가 들렸다. '반짝반짝 작은 별, 아름답게 비추네⋯⋯' 아, 이 노래. 어머니가 내 손을 잡고 추운 밤거리를 배회하며 부르던 노래, 이 노래도 결국은 내가 아니라 아버지에게 불러주는 노래였던가. 서로의 미래를 모르고 마냥 행복해하는 그들이 안쓰럽고, 부러웠다. 부럽고 슬펐다. 너무 슬퍼서, 나는 그 좁은 골목 틈에서 어머니를 데려다 주고 홀로 돌아오는 아버지를 기다리며 울었다. 젊은 아버지를 마주할 때까지 울고, 울고 또 울었다. 왜 우리는 이렇게 된 거지? 어머니와 아버지는 왜 이때처럼 계속 행복하고 아름다울 수 없던 거지? 왜. 도대체 왜. 이렇게나 반짝반짝 빛나던 그들이었는데. 품 안의 과도를 버릴까 하고 고민할 때, 쭈그려 앉아 있던 나의 어깨에 누군가가 손을 얹었다. 맑고 반짝반짝한, 작은 별이 박힌 동공이 나를 바라보고 있었다. 그가 나에게 말을 걸었다.

"추운데, 괜찮으세요?"

아, 나의 아버지는 안타깝게도, 나의 젊은 아버지는 어머니 말씀대로 좋은 사람이 맞았다.

그리고 나는 품 속의 칼을 고쳐 잡았다.

'좋은 사람'인 아버지에게 마음이 흔들려 나는 한 번에 그를 찌르는 데에 실패했다. 갑작스러운 나의 공격에 그는 휘청, 넘어질 뻔하였으나 오히려 그 덕분에 내 칼을 피했고 어깻죽지에 약간의 스친 상처만이 났다. 그 뒤로 우리는 엎치락뒤치락하며 몸싸움을 했다. 체격이나 힘은 그가 더 위였으나 나에게는 무기와 절박함이 있었다. 이번이 정말로 마지막이라는. 내가 그의 배를 가격했고 그가 나의 다리를 찼다. 나는 풀썩 넘어져서 바로 다시 일어나지 못했지만 도망가려는 그의 발목을 잡아챘다. 쿠당탕 하는 소리와 함께 그도 넘어졌고 나는 넘어진 아버지의 위에 올라탔다. 그리고 둘의 거친 숨소리와 함께 나는 그의 목을 찌르기 위해 칼을 높이 쳐들었다.

푹.

칼이 살을 뚫는 소리가 났다. 아버지의 목은 깨끗했다. 어디선가 흐르는 피가 바닥을 붉게 물들여갔다. 어디서 나는 피인가, 하고 보니, 내 배에서 흐르는 피였다. 칼에 찔린 것은 아버지가 아닌 나였다. 나는 뒤를 돌아봤다. 어머니가 그 곳에 있었다. 젊은 어머니가 나를 칼로 찔렀다. 나는 손에 힘이 빠져 들고 있던 칼을 바닥에 떨어뜨렸다. 그 틈을 타 내 밑에 깔려 있던 아버지는 칼을 멀리 던지고 아래에서 빠져나왔다. 벗어난 아버지는 담벼락에 등을 기댄 채 어찌할 바를 모르고 있었다. 넋이 나간 얼굴이었다. 어머니는 그런 아버지에게 다가가 어디 다친 곳은 없냐고, 피 나는 곳은 없냐고 몸 곳곳을 확인하고는 그를 와락 껴안았다. 내 배에서는 여전히 피가 흐르고 있었다. 천천히 감기는 눈에 마지막으로 비친 것은 너무나도 애틋한 연인인 어머니와 아버지의 모습이었다. 나는 마지막으로 어머니의 「작은 별」을 듣고 싶었지만, 그녀는 날 위해 노래해 주지 않았다. 시야가 흐려지고 몸이 가벼워졌다. 나는 세 번의 기회를 다 써버렸고 결국 과거의 아버지를 죽이지 못했다. 이제 미래는 어떻게 되는 걸까?

"어떻게 되긴, 아무것도 바뀌지 않아."

낯익은 목소리가 말했다. 맞는 말이다. 결국, 벌어질 일은 벌어지는 법이다.

10

마지막 남은 기회를 썼다. 이번이 마지막으로 찬석을 살릴 수 있는 기회였다. 신문을 보자마자 머릿속에 목소리가 울렸고 나는 한치의 망설임도 없이 맨 처음으로 찬석이 살해당하는 날, 그와 집 앞에서 헤어지기 직전으로 시간을 돌렸다. 검은 옷의 남자를 맞닥뜨릴수 있는 날은 이 날밖에 없었다. 나는 원래의 '그 날'처럼 찬석과 잘자를 주고받으며 헤어졌다. 너무나도 오랜만에 듣는 그의 나를 향한목소리에 눈물이 날 것 같았지만 지금은 그럴 시간이 없었다. 찬석과 헤어지자마자 집 안으로 뛰어 들어가 칼을 챙겨 나왔다. 그리고 아직 멀리 가지 않은 찬석의 뒤를 쫓았다. 조용히, 품에 칼을 안고. 골목을 걷던 찬석이 갑자기 담벼락 사이의 틈으로 고개를 돌렸다. 그 틈에 누군가가 앉아 있었다. 검은 옷의 남자였다. 남자는 쭈그려 앉아 고개를 숙이고 있었다. 그 모습을 그냥 지나치지 못한 찬석은 그에게 다가가 '괜찮으세요?' 라고 말을 걸었고 대답 대신 날렵한 과도가 돌아왔다. 남자는 약간은 엉성하게 칼을 휘둘렀고 찬석은 너무 놀라 휘청거린 덕분에 칼을 피할 수 있었다. 나는 품에 칼을 꼭 쥐고는 그들을 지켜봤다. 아직은, 아직은 타이밍이 아니었다. 남자와 찬석의 몸싸움이 이어졌다. 남자가 찬석의 배를 치고 찬석이 남자의 다리를 걸어찼다. 도망가려는 찬석을 주저앉은 남자가 발목을 잡아채 넘어뜨렸다. 그러고는 순식간에 넘어진 찬석의 위로 올라타 칼을 쳐들었다.

바로, 지금이다.

푹.

나는 칼로 남자의 배를 찔렀다. 얇고 견고한 쇠 날로 살아있는 것을 꿰뚫는 느낌은 역겨웠다. 칼을 비틀어 잡아 빼자 꿀렁거리는 안의 내장들이 느껴졌다. 바닥에 남자의 배에서 흐른 핏물이 고여 갔다. 남자는 찬석을 해하려던 칼을 떨어뜨리고는, 고개를 돌려 나를 바라봤다. 이해가 되지 않는다는 표정이 나를 보자 놀라움으로 가득 찼다. 놀라움은 마침내 왜인지 모를 안타까움으로 변하고, 그는 결국 바닥에 풀썩 쓰러졌다. 나는 그 틈에 빠져나와 넋이 나간 찬석에게 다가가 몸을 살폈다. 다행히 그가 다친 곳은 칼에 스친 어깨가 다였다. 쓰러진 남자의 동공이 우리를 향했다. 남자의 시선이 너무나도 슬퍼서, 나는 그것을 일부러 외면하고는 찬석을 와락 껴안았다.

살아있는 찬석의 손이 내 등을 토닥였다. 그, 그만 있으면 되었다. 그가 살았으니 된 것이다. 다시 뒤를 돌아봤을 때, 남자는 바닥에 널브러진 채 완전히 눈을 감고 있었다. 분명히 나를 몇 개월간 괴롭힌 스토커인데, 찬석을 수없이 죽이려 했고 실제로 죽였던 끔찍한 존재인데, 이상하게도 나는 그가 눈을 감은 것이 너무도 가슴이 아팠다. 그래서 바닥에 주저앉아 엉엉 울었다. 내 자신도 왜 우는지 모른 채로 쓰러진 남자를 보며 계속, 조용한 골목에 쩌렁쩌렁 울리도록, 엉엉, 엉엉 울어댔다.

하염없이 우는 나를 찬석이 조심스럽게 불렀다.

"여, 영희야, 저거 봐. 저게 어떻게……."

남자의 몸이 점점 투명해지고 있었다. 농도 100퍼센트의 물감에 물을 한 컵 부어 휘저은 것처럼, 그의 몸이 점점 연해졌다. 그 모습은 마치 이 세상에서 증발하는 것처럼 보였다. 나는 바닥을 기어 투명해지는 남자에게 다가갔다. 그리고 아래부터 사라지던 그의 몸이 마침내 머리만 남았을 때, 나는 그의 머리를 품에 안고 말했다.

"미안해……."

그리고 검은 옷의 남자는 완전히 사라졌다.

11

나의 이야기는 끝났다. 나는 더 이상 어떤 말도 할 수 없다. 내가 쥐었던 칼날이 내 목을 꿰뚫었기 때문에, 그 차가운 쇠에 막혀 목소리는 나오지 않는다.

12

오늘 아침, 잠에서 깨자마자 초밥이 먹고 싶었다. 이상한 날이었다. 입맛이란 것을 잊어버린 지 꽤 되었기 때문에 구체적인 무엇이 먹고 싶은 것 자체가 무척 오랜만이었다.

"세호야, 초밥이 먹고 싶어."

세호. 나와 찬석이 낳은 아이의 이름. 우리가 처음 만났을 때 찬석은 나를 세영이라고 불렀고 나는 찬석을 찬호라고 불렀다. 우리는 그 잘못 부른 이름들에서 한 글자씩을 가져와 아이의 이름을 지었다. 세호, 세호, 소리 내어 불러본 지 너무나 오래된 이름이다. 아이가 어릴 적에는 하루에도 수십 번씩 부르던 이름이었는데, 언제부터인가 부르지 않게 되었다. 부르지 않았다기보다는 부르지 못했다는 것이 맞을 것이다. 아마 아이가 점점 키가 크고, 얼굴의 윤곽이 잡혀가면서부터였다. 나는 차마 그 아이를 우리들의 이름으로 부를 수가 없었다. 커가는 아이의 얼굴이 점점 '검은 옷의 남자'의 얼굴이 되어갔기 때문이다. 어떻게 잊을 수 있을까? 세 번이나 찬석을 죽이려

했고 그 중에 두 번은 진짜로 죽였고, 결국 한번은 내가 죽였던 그 얼굴을. 내 눈 앞에서 홀연히 증발해 버린 그 남자를. 우리의 아이가 그 남자가 되어가고 있었다. 그 얼굴은 아이가 고등학생이 되고, 성인이 되어 가면서 더욱 뚜렷해졌다. 나는 아이를 사랑했지만 아이를 바라볼 수 없었고 우리의 이름으로 부를 수도 없었다. 그래서 아무것도 하지 않았다. 아이를 보지도 않고 부르지도 않았다. 인정하기 싫은 현실에서 도망치려면, 외면하는 수밖에 없었다.

역시 오늘은 이상한 날이었다. 오늘 문득, 모든 것이 귀찮아졌다. 찬석은 이미 내가 사랑했던 찬석이 아니고 나 역시 그때의 내가 아닌데 아무럼 어쩌랴, 하는 생각이 들었다. 한때 내가 사람을 죽여서까지 지켜냈던 나의 사랑이, 삶을 견디지 못하고 저 아래로 곤두박질 쳐 바닥을 기는 것을 지켜보는 것도 너무 힘들었고 끔찍한 남자의 얼굴을 한 사랑하는 아이 사이에서 죄책감을 느끼는 것도 질렸다. 계속 어렴풋한 과거 안에만 갇혀 있는 나 자신도 혐오스러웠다. '그냥'이라는 말 만큼 적절한 것이 없었다. 그 동안 수많은 날들을 그래도 버텨왔는데, 이렇다 할 어떤 계기도 없고 사건도 없이 그냥, 모든 것을 관두고 싶었다. 그 와중에 오직 초밥이 먹고 싶었다.

늘 내가 외면했던 아이는 나의 그 가느다란 한 마디에, 겉옷만을 걸치고 뛰어나갔다. '밖이 날씨가 어떤데, 그렇게만 입고 나가면 추울 텐데, 지갑에 돈은 있니, 너무 급하게 뛰지 마렴, 넘어지지 마렴.' 나는 목구멍까지 차올랐던 말들을 차마 뱉지 못했다. 그 중 제일 하고 싶었던 것은 미안하다는 말이었다. 아무래도 아이가 사오는 초밥을 나는 먹을 수 없을 것 같다.

나는 지금 찬석을 보고 있다. 정확히는 술에 정신을 빼앗겨 동공이 풀린 찬석과 그가 나를 향해 들고 있는 과도를 보고 있다. 그는 지금 이 세상에 정신을 둔 사람이 아니다. 그의 정신은 지금 저 하늘이나 저 바다 속이나 저 땅의 아주 깊숙한 곳 어딘가를 헤매고 있다. 어쨌든 이 집 안에는 존재하지 않는다. 찬석이 그렇게 되어버린 것은 아마 그의 회사가 폭삭 망하고부터였을 것이다. 그의 아버지가 힘들게 일구었던 것을 너무 쉽게 물려받은 찬석은 파도에 휩쓸리는 모래성처럼 폭삭 무너지는 것들을 이해하지 못했다. 그래서 그는 그렇게 무너진 회사와, 회사의 주인인 그 자신을 이해하지 못했다. 나를 설레게 했던 찬석 안의 '좋은 사람'도 회사와 함께 폭삭 무너져버렸다. 그래서 그는 지금 나를 향해 과도를 들이밀고 있는 것이다. 과도, 마땅히 베어야 할 것은 과일뿐이지만 지금 나를 위협하고 있는 저 과도. 나는 저것을 본 적이 있다. 아주, 아주 오래전에 나는 저 칼을 보았다. 그리고 알았다. 수십 년 전, 검은 옷의 남자가 휘둘렀던 칼이었다.

그리고 마침내 이성이 나간 찬석이 마구잡이로 그것을 휘두르다 내 목을 꿰뚫은 순간, 나는 모든 것을 이해할 수 있었다. 검은 옷의 남자의 얼굴이 왜 아이의 얼굴인지, 나는 왜 그때 엉엉 울었었는지, 아이가 왜 과거의 찬석을 죽이려고 했는지, 왜 그 자신이 사라지려고 했는지…… 이해할 수 있었다. 바닥은 이미 내 목에서 뿜어져 나온 피로 흥건하다. 찬석의 표정을 보고 싶은데 고개를 들 수 없다. 멀리서 아이가 포장 비닐봉지를 들고 바스락거리면서 뛰어오는 소리가 들린다. 의식이 점점 흐려진다. 아이와 초밥을 함께 먹지 못한 것이 미안하다. 하지만 나는 이미 세 번의 기회를 다 써버렸기 때문에 시간을 되돌릴 수 없다. 수십 년 만에 머릿속에서 울리는 낯익은 목소리는 깔깔깔, 하고 웃는다.

"깔깔깔. 결국 벌어질 일은 벌어지지. 깔깔깔."

나는 눈을 감는다.

아이가 현관을 들어오는 소리를 마지막으로, 나는 아무것도 들리지 않는다.

별일 없이 산다

제2회 우수상 수상작

양자역학적 평행세계에 점이라는 토속적인 소재를 버무린 점이 좋았다. 후반에 설정을 크게 활용하여 이야기를 확 끌어올리는 지점에 쾌감이 있다. 단지 점을 치며 반복해서 보여주는 장면이 사건 전개에 큰 의미가 없고, 화자의 선택 또한 의미가 적은 것이 몰입도를 약하게 한다. 장점과 단점이 뚜렷한 글이었지만 작가의 미래는 기대된다. ─김보영(소설가)

수천 년을 넘나들며 주사위의 선택에 자신의 삶을 내맡기는 점쟁이 가문의 이야기라는 흥미로운 소재를 택했다. 타임리프의 선택지를 확장시켰다는 점이 새로웠지만, 커피를 마실 것인가 녹차를 마실 것인가론 선택부터 죽을 것인가 살 것인가라는 선택에 이르기까지 너무나 많은 선택지에서 '후회할 때마다 시간이 되감긴다'라는 설정이 동일하게 적용된다는 게 매끄럽게 붙지는 않은 인상이다. ─김용언(출판 컬럼리스트)

커피믹스가 다 떨어졌나 보다. 보이는 건 티백 녹차와 인스턴트 원두커피뿐이다. 범철은 찻장을 열어 보았다. 곧바로 누런 텀블러가 굴러 떨어졌다. 텀블러가 바닥에서 튀어 요란한 소리가 나자 휴게실 밖에서 누가 소리친다.

"다 부숴라, 부숴!"

옆으로 쓰러져 구르는 텀블러를 주워 다시 찻장에 넣고 문을 닫았다. 먼지 낀 텀블러 따위가 쌓여 있을 뿐 찻장 안에 커피믹스는 없었다. 그럼 뭘 마시지? 범철은 주머니에서 주사위를 꺼냈다. 2, 3, 5, 소수면 녹차를 마신다. 1, 4, 6, 소수가 아니면 원두커피다. 그가 탁자 유리 위로 굴린 주사위가 달그락거리다가 이내 멈췄다. 주사위의 눈은 1, 원두커피로 결정됐다.

휴게실의 온수기 성능은 지나치게 좋았다. 범철은 뜨거운 물이 적당히 식기를 기다렸다. 아까 소리쳤던 김 실장이 휴게실에 들어오더니 "뭐하냐? 물 떠놓고 치성드려?" 쓸데없는 말을 꺼내 놓고 나갔다. 그제야 조심스레 한 모금 마셔 보았다. 온도는 괜찮았지만 너무 썼다. 차라리 물 한 모금 마시고 말걸 하고 범철은 조금 전의 선택을 후회했다.

그러자 후회가 모든 걸 되감았다.

* * *

커피믹스가 다 떨어졌나 보다. 티백 녹차와 인스턴트 원두커피가 쌓여 있지만 커피믹스가 있던 자리는 텅 비어 있었다. 누가 흘린 거라도 찾아보면 있지 않을까? 범철은 허리를 숙여 찻장의 여닫이문을 당겼다. 안에서 황색 텀블러가 굴러 떨어지더니 바닥에서 요란한 소리를 내며 튀었다. 김 실장이 바깥에서 놀리듯 소리쳤다.

"다 부숴라, 부숴."

텀블러는 거꾸로 서 있었다. 바닥에서 튀어 올라 우연히 그렇게 된 것이다. 아까와 — 그것을 아까라고 할 수 있다면 — 달랐지만 범철이 그 사실을 알 수는 없었다. 그는 텀블러를 주워 찻장에 넣었다. 찻장에도 커피믹스가 없으니 다른 거라도 마셔야겠다고 생각했다. 하지만 뭘 마시나. 그는 주머니에 들어 있던 한 쌍의 주사위 중 하나를 꺼냈다. 주사위를 굴려 소수인 눈이 나오면 녹차, 소수가 아닌 눈이 나오면 원두커피를 마시기로 마음을 먹었다. 주사위가 구르고, 눈은 6이 나왔다.

범철은 종이컵에 인스턴트 원두커피를 뜯어 담고 뜨거운 물을 따랐다. 그러고는 물이 적당히 식기를 기다리며 김 실장이 휴게실에 들어와 뭐라고 이죽거리고 나갈 때까지 쭉 아버지 생각을 했다.

대체 어디서 죽은 거지? 죽었다는 건 알았다. 그와 아버지 사이에는 어떤 연결 같은 것이 있었다. 그날 밤, 아마도 아버지가 죽었던 그 순간에 범철도 연결의 존재를 처음으로 알게 됐다. 하지만 그걸로 끝이었다. 죽은 아버지한테서는 당연히 연락이 올 수 없고 어디서 돌아가셨느냐 붙잡고 물어볼 곳도 없다. 요새도 아버지랑 연락 잘 안 하고 사느냐는 친척의 전화를 받은 게 전부였다.

달달한 커피믹스에 길들여진 입에 원두커피는 몹시 썼다. 범철은 인상을 쓰며 쩝쩝거렸다. 차라리 녹차를 마실 걸 그랬나? 후회가 됐다.

그의 후회가 세상을 되감았다.

* * *

커피믹스가 없다. 달달한 게 필요한데. 범철은 인스턴트 원두커피와 티백 녹차를 보며 입맛을 다셨다. 혹시나 해서 쪼그리고 앉아 찻장 문을 당겼지만 웬 금색 텀블러가 굴러 떨어졌을 뿐이다. 거기에도 커피믹스는 없었다.

"다 부숴라, 부숴!"

소파 아래로 굴러가려는 텀블러를 발로 밟아 세웠다. 누구 것일까. 먼지가 낀 게 안 쓴 지 오래됐나 보다. 하기야 자꾸 일회용 종이컵을 가져다 두니 텀블러를 안 쓰게 되는 것 아니겠나. 일회용품을 줄이려고 시도하지 않았던 것은 아니다. 이제부터는 쓰지 말자고 종이컵을 들이지도 않은 기간이 있었다. 하지만 그 시도는 외부에서 높으신 분이 방문하면서 실패하고 말았다. 손님에게 차를 대접하려니 종이컵이 필요해서 막내가 사방팔방 다른 부서에까지 빌리러 뛰어다녔고, 그 후로 종이컵은 은근슬쩍 사무실로 돌아왔다. 다들 따지지 않음으로써 반겼다.

범철은 금색 텀블러를 찻장에 돌려놓고 일어났다. 주머니에 질러 넣은 손에 한 쌍의 주사위가 만져졌다. 아버지는 주사위를 늘 갖고 다니도록 그를 조련했다. 주사위를 잃어버리기라도 하는 날에는 심하게 얻어맞았다. 범철은 주머니에서 주사위 하나를 꺼내 굴렸다. 소수가 나오면 녹차를 마시겠다고 정해 놓고 주사위가 멈추길 기다렸다. 눈은 2가 나왔다.

"뭐하냐? 물 떠 놓고 치성 드려?"

녹차는 그럭저럭 마실 만했다. 쓴 커피를 못 마시는 편이라 주사위 눈이 그렇게 나와 준 게 다행이었다. 범철은 문득 허탈하게 웃었다. 지금 모습을 아버지가 보면 좋아했겠다는 생각이 들어서다. 그렇게 싫어했는데, 아버지가 죽고서부터 오히려 주사위 따라 행동하는 이 꼬락서니라니.

"혼자 뭐해요?"

아연이 휴게실 입구에 서 있었다. 250개들이 커피믹스 박스를 든 채였다. 범철의 시선이 박스를 향하자 그녀는 턱짓인지 어깻짓인지 애매한 동작으로 뒤쪽을 가리켜 보였다.

"숙직실에 몇 박스 더 있어요."

그녀는 커피 한 잔을 타서 범철의 맞은편에 앉았다. 범철은 그제야 미뤄 놓았던 대답을 꺼냈다.

"눈 구경요."

"헤엑! 아까보다 더 많이 오네요? 집에 갈 때 운전 어쩌지? 눈길 운전 잘해요?"

아연이 짐짓 호들갑을 떨었다.

"난 집에 차 놓고 왔어요."

"범철 씨 감이 좋은가 보다. 눈 내릴 줄 알고 놓고 온 거예요? 일기 예보에서는 내일쯤에나 내릴 거라고 했는데."

주사위를 굴렸습니다. 3이 나왔죠. 그래서 시내버스를 타고 출근했어요. 범철은 창밖으로 시선을 돌리며 속으로만 중얼거렸다.

창밖 세상이 눈으로 온통 하얗다. 혹시 아버지가 저기 밖 어디선가 횡사를 당했을까? 회사 앞 시멘트 길처럼 아버지의 몸도 눈에 덮이어 가는 상상을 했다. 하지만 금세 고개를 저었다. 만약 그렇다면 그 양반이 되살아나 쌓인 눈을 헤치고 벌떡 일어날 일이다. 점쟁이란 양반이 자기 죽을 자리도 못 짚어서 객사를 하나. 당신 자식도 점쟁이 만들겠다고 주사위 들린 양반이 그런 식으로는 죽지 않았을 것이다.

범철은 팔을 뻗어 탁자 위의 종이컵을 쥐었다. 그의 얼굴을 훔쳐보다가 제풀에 움찔 놀란 아연이 후다닥 시선을 거두어서는 다른 곳으로 휙 던져 버렸다. 녹차는 차갑게 식어 있었다.

그날 바로 가볼걸 그랬다. 범철은 그 이상한 느낌이 있었던 밤, 아버지와 연결되었던 그때를 떠올리며 후회했다.

그러자 후회가 — 진동했다. 진동은 세상에 파동을 일으켰다. 육면체 따위를 평면에 펼쳐 그리는 것과 비슷하면서 더 복잡한 과정이 파동의 너울마다 일어났다. 선택은 세상에 흔적을 남긴다. 발자국을 찍는다. 여태 찍어 왔던 발자국이 세상과 함께 다시 펼쳐지고 있었다. 범철은 길게 벌어진 시간의 간격으로 느릿하게 감탄했다. *세상에! 이런 거였구나.* 그는 왜 주사위가 필요한 것인지 그 이유를 이해했다. *아버지, 점쟁이라뇨. 이건 그런 게 아니군요.* 그는 그날 밤의 선택으로 생긴 발자국을 찾아내어 그 위에 발을 맞춰 섰다. 심호흡했다. 그러고는 뒤로 한 걸음만큼 몸을 밀자 거꾸로 돌린 것처럼 세상이 여태와는 반대 방향으로 물결치기 시작했고 그 현상은 순식간에 — 세상을 되감아 놓았다.

* * *

박 차장의 노트북 키보드는 alt 키와 tab 키만 닳아 있을 것이다. 그가 손가락을 퉁길 때마다 모니터에 주식이 어쩌고 주가가 어쩌고 하는 그래프가 나타났다가 사라지고는 했다. 큰 조직에는 그와 같은 잉여 인력이 있기 마련이지만 그런 이유로 박 차장에게 싫은 티를 내는 사람은 없었다. 박 차장을 싫어하는 이유는 그런 부분과 관계가 없었다.

퇴근 시간을 30분쯤 남겨 놓고서 박 차장이 범철을 불렀다.

"좀 전에 메일 보낸 거 봤지? 그거 해서 내일 아침에 볼 수 있게 좀 보내줘. 16번에 로그 쌓이니까 그거 참고하면 될 거야."

이 개 같은 새끼, 회식하는 날까지 이 지랄이다. 사무실 여기저기서 위로인지 동정인지 헷갈리는 눈빛으로 힐끔거리는 게 느껴졌다. 어쩌면 안도감인지도 모른다.

퇴근 시간이 되어 모두가 회식장소로 이동한 후 외투 챙기는 시늉으로 미적거리던 아연이 다가왔다.

"아까 박 차장님이 시키신 거 양 많아요? 도와줄까요?"

그녀가 칸막이 위에 턱을 걸치고 물었다. 범철은 고개를 저었다. 아연은 잠깐 범철을 바라보다가 몸을 돌렸다.

"그럼 먼저 갑니다. 고기 따로 빼놓을게요."

박 차장이 시킨 일을 끝내고 범철은 뒤늦게 회식 장소로 이동했다. 술에 취해 떠들어대는 사람들 사이에서 아연이 손짓했다. 그녀는 세팅된 테이블 하나를 따로 준비해 두고 있었다. 거기에 자리를 잡고 사이다부터 따니 테이블을 건너온 아연이 불판에 고기를 올리며 물었다.

"술은 안 마시게요?"

"차 가져왔어요."

"아하."

불판을 한 번 갈고 냉면을 시켰을 때쯤 자리를 파할 분위기가 됐다. 끝까지 버티며 냉면을 챙겨 먹고 나가니 먼저 나간 사람들이 고깃집 앞 거리에 서서 담배를 피우고 있었다. 여직원 대부분은 이미 다 빠져나가고 없었다. 마지막까지 남은 여직원은 총무 역할이라 계산을 마칠 때까지 도망가지 못한 아연뿐이었다.

"노래방 가자!"

"방 말고 빠로 가자, 빠로."

남자직원들이 고래고래 소리를 질러 대는 걸 듣고 아연은 인사도 하는 둥 마는 둥 도망치듯 자리를 떠났다. 범철은 아연의 뒷모습을 눈으로 좇았다. 그녀가 자신을 저 무리와 같은 족속이라고 여기면 어쩌나 걱정스러웠다. 아연의 모습이 모퉁이 너머로 사라진 후 범철도 대충 주위에 인사를 건넸다. 피곤했다. 집에 가서 쉬고 싶었다. 술 안 마시고 집에 일찍 갈 핑계로 쓰려고 걸어와도 될 곳에 굳이 차를 끌고 와서 불법주차까지 했다.

다행히 불법주차 딱지가 붙어 있진 않았다. 대신 유리창에 명함 크기의 전단지가 잔뜩 올려 있었다. 헐벗고 기다리는 여자가 많다는 내용의 전단지를 다 걷어내 버리고 운전석에 올라 한숨 돌리는 순간 시커먼 그림자가 지나가며 새 전단지 하나를 올려놓았다. 그림자는 불법 주차해 놓은 차들을 스치며 기계적으로 전단지 올려놓는 동작을 반복했다. 그 뒷모습을 보면서 범철은 차라리 감탄해 버렸다. 그때 갑자기 조수석의 문이 열리고 아연이 올라탔다.

"태워주세요." 그녀가 말했다. "얻어타고 가려고 기다렸어요."

범철은 들키지 않게 한숨을 쉬었다. 쉽지 않은 하루다. 아연이 아닌 다른 사람이었다면 내리라고 했겠지. 그는 창문을 열고 팔을 내뻗어 전단지를 치웠다.

"집이 어딘데요?"

"이목동이요."

이미 알고 있었다. 알고 있는 티를 내기 싫어서 굳이 묻고 답을 들었을 뿐이다.

"그런데 내가 2차 따라갔으면 어쩌려고 기다렸어요?"

"술 안 마실 거라고 했잖아요. 아니었어도 좀 기다리다가 눈치껏 버스 타고 집에 갔겠죠."

쉽지 않은 하루는 아연을 이목동까지 데려다 준 후에도 계속되었다. 교차로마다 신호에 걸렸다. 오늘따라 자리가 보이지 않는 주차장을 여러 바퀴 돌았다. 엘리베이터는 눈앞에서 문이 닫혔고, 심지어 그 엘리베이터가 19층까지 갔다가 내려왔다. 마침내 집 현관문을 열었을 땐 문틈으로 퀴퀴한 냄새가 쏟아져나왔다. 아침에 급하게 출근하느라 싱크대에 쌓아 놓기만 했던 설거지거리가 생각났다.

"아, 씨……."

정말 쉽지 않은 날이다. 온종일 세상이 딴죽을 걸려고 드는 것 같았다. 범철은 설거지까지만 끝나면 씻고 침대에 누워 쉴 수 있기를 바랐다. 더는 아무 일도 생기지 않기를.

하지만 그는 오늘 하루 이 순간을 몇 번인지 셀 수 없는 방식으로 반복해 왔고, 그중에서 그의 바람대로 된 적은 단 한 번도 없었다. 이번이라고 다를 리가 없다. 범철은 갑자기 그를 관통한 충격에 거품 묻은 수세미를 쥔 채로 쓰러졌다.

처음엔 비단손수건 같았다. 그 느낌은 배꼽을 파고들더니 그대로 몸을 관통하여 등허리 쪽으로 빠져나왔다. 이후로는 빠져나온 손수건 자락을 누가 쥐고 양팔 번갈아 쫙쫙 잡아당기는 것 같았다. 그럴 때마다 범철의 몸이 움찔거렸다. 부드럽기 짝이 없는 느낌이 배꼽으로 들어가 등 쪽으로 빠져나가며 끊임없이 충격을 주었다. 통증과는 많이 달랐다. 간지러움과는 조금 달랐다. 쾌감은 전혀 아니었지만 마치 절정이 다가올 때 그러하듯 퍼져나가며 몸을 경직시켰다.

"흐억!"

몸에 차곡차곡 쌓이던 충격파가 마침내 뭔가를 터뜨리는 순간, 범철은 한 가지 사실을 깨닫고 몸을 떨었다. 아버지가 죽었다. 무엇인지 모를 이 힘은 죽은 아버지에게서 빠져나와 산 그에게로 왔다. 아버지가 갖고 있던 뭔가가 이제 그의 것이 되었다.

주사위가 어디 있지? 범철은 떨리는 손으로 주머니를 더듬었다. 만져지는 게 없다. 어디다 났더라. 꼭 들고 다니는데. 차 키를 빼 놓을 때 같이 뺐던가? 새로 꺼내 오자. 그가 베란다 문을 열고 박스를 꺼내 와 엎자 수백 개의 주사위가 방바닥에 쏟아졌다. 그중 아무거나 하나를 들고 굴렸다. 3이 나왔다. 그런데 3이 나오면 뭘 하기로 했지? 이러면 안 된다. 분명하게 분기를 만들어야 한다. 아버지는 그에게 분기가 분명해질수록 주사위 점의 결과도 신통해진다고 가르쳤다. 헐떡이던 숨이 가라앉고서야 헐떡이고 있었다는 걸 알았다. 비로소 생각이 제대로 굴러가기 시작했다. 뭘 굴려야 할지 알겠다.

어머니가 암세포 때문에 하루하루 쇠약해져 가던 때였다. 2주 만에 나타난 아버지는 병상의 어머니에게 입을 맞추었다.

"미안하다. 주사위가 좀처럼 길을 안 놓아 주더라."

하지만 어머니는 의식이 없는 상태였다. 네 아버지 왔더냐? 한 번씩 의식을 찾고 정신이 맑을 땐 그렇게 묻기도 하실 뿐이었다.

홀수가 나오면 아버지에게 가본다. 짝수가 나오면 가지 않는다. 범철이 주사위를 굴렸다. 짝수가 나왔다. 잘됐다.

"미안해요. 주사위가 길을 안 놓아 주네요."

몸을 관통하던 충격도 이젠 여운만 남아 있을 뿐이다.

이후로 며칠간 범철은 어떻게든 아버지를 떠올리지 않으며 살려고 했다. 그러다 어느 날, 첫눈이 내리는 날에 회사에서 녹차를 마시다가 처음으로 후회했다. 그날 바로 가볼걸 그랬다고. 그 이상한 느낌이 있었던 밤에, 아버지와 연결되었던 그때.

선택에 대한 그의 후회는 늘 세상을 되감았다.

* * *

쉽지 않은 하루였다. 지쳤다. 서둘러 설거지를 끝내고 쉬고 싶었다. 하지만 오늘이라는 하루는 그렇게 쉽게 끝나 주지 않았다. 범철은 갑자기 그를 관통한 충격에 거품 묻은 수세미를 쥔 채로 쓰러졌다.

"흐억!"

충격에 몸을 굳혔던 그는 이어서 한 가지를 깨닫고 몸을 떨기 시작했다. 아버지가 갖고 있던 어떤 힘이 그에게로 왔다는 걸 느낀 것이다. 아버지의 죽음을 알아챘다. 사기꾼 점쟁이. 알코올 중독자. 가족을 버린 가출 가장. 점쟁이를 만들겠다며 자식을 폭력으로 길들인 학대범. 아버지 안에 있던 모두가 아버지와 함께 죽었다. 떨림이 멎지 않았다.

"내가 세상 뜨면 너도 알게 될 거다." 아버지의 말이 맞았다. 어떤

부분에서 아버지는 사기꾼이 아니었다. 이해할 수 없지만, 이해할 수 없더라도 그게 사실 같다면 일단 따르는 편이 낫다. 어린 시절의 학대로 조련된 몸이 판단보다 앞서 움직이기 시작했다.

주사위가 어디 있지? 베란다 문을 열고 박스를 꺼내와 엎자 수많은 주사위가 쏟아졌다. 범철은 그중 아무거나 하나를 주워들고 어머니를 떠올렸다. 의사는 암과 싸워야 할 때라고 말했지만 이미 어머니의 몸은 싸움에서 진 채 암의 처분을 기다리는 상태였다. 끝내 처분이 내려지고 범철이 3일간 슬퍼하는 동안 아버지는 장례식장에 나타나지 않았다.

떨리는 손으로 주사위를 굴리자 홀수가 나왔다. 범철은 혀를 찼다.

다시 주차장으로 내려가 차에 올랐다. 아직 아연의 향수 냄새가 남아 맴돌고 있었다. 아버지에 대한 증오와 주사위를 따라야 한다는 의식의 반사 사이에서 머뭇거리다가 범철은 그 냄새를 맡았다. 생각해 보면 신기한 일이다. 그 자신의 몸에서는 아직 회식 때 구운 고기 냄새가 피어오르고 있었다. 무슨 짓을 했기에 그 자리에 같이 있었던 아연에게서는 이토록 짙은 향수 냄새가 날 수 있는 걸까.

시동을 걸었다. 가속 페달에 발을 얹자 차가 부드럽게 미끄러졌다. 두 시간 삼십 분쯤 달리자 국도 위의 이정표에 처음으로 비향리라는 지명이 모습을 보였다.

비향리로 빠지는 길을 놓치지 않으려고 신경을 곤두세우고 있던 범철은 곧 그의 신경을 건드리는 다른 뭔가가 있다는 사실을 깨달았다. 룸미러에 보이는 SUV 차량이었다. 고속도로 요금소에서 그리고 국도를 달리면서도 룸미러를 쳐다볼 때마다 SUV가 거기에 있었다. 물론 우연일지도 모른다. 이대로 국도를 따라 더 가다 보면 러브호텔촌이 나온다. 불륜 커플이리라. 혹은 아까 톨게이트에서 보았던 것과는 다른 차량일 수도 있다. 밤의 국도 위에서는 대충 어둡기만 하면 다 그 색이 그 색처럼 보이니까.

"지랄 같군."

범철은 환청을 들었다. "주사위를 굴려라." 아버지의 목소리였다. 운전대를 쥐지 않은 오른손이 주머니 안의 주사위들을 만져 달그락거렸다.

아버지는 자기 운명 점치는 게 고작인 대단치 않은 점쟁이였다. 아버지가 굴리는 주사위는 그럭저럭 괜찮은 선택을 하게 해주었지만 그건 전부 자기 자신에 대한 것뿐이었다. 다른 사람의 일에는 도통 소용이 없었다. 하지만 아버지의 손님들은 어머니와 범철이 알고 있던 그 사실을 몰랐다. 아버지는 자기 일로 몇 수 보여 주어 믿게 만든 후에 사기를 치는 수법으로 불쌍한 사람들의 돈을 뜯어냈고, 뒤늦게 점쟁이의 괘가 허무맹랑했다는 걸 알게 된 사람들은 어머니의 병실에까지 찾아와 난리를 피우곤 했다. SUV도 그런 사람 중 하나일까? SUV는 아버지의 죽음과 관계가 있을까?

주사위 하나를 꺼냈다. 아무렇게나 쥐고 엄지손톱으로 긁어 보니 눈이 3이다. 하나 더 꺼내 만진 것은 1이다. 홀수 더하기 홀수, 짝수다. 범철은 짧게 한숨을 쉬었다. 홀수가 나오면 차를 돌려 집으로 돌아가겠다고 정한 참이었다. 다시 주사위들을 주머니에 집어넣고 흔들어서 섞은 다음 꺼냈을 땐 짝수가 나왔다. 차를 세우고 SUV가 어뗗게 하는지 지켜보는 쪽이다. 헤드라이트 불빛에 이정표가 번뜩였다. 세우려면 지금이다. 범철은 운전대를 꺾었다.

차는 커브 길을 돌아 국도변의 이름 모를 마을 입구에 섰다. 소망상회라는 간판 앞의 공중전화가 가로등 불빛 아래 놓여 있었다. 범철은 룸미러를 쳐다보았다. SUV가 커브 길을 돌아 나오는 게 보였다. 그냥 지나가라고 강하게 염원하는 순간 SUV가 상향등을 켰고 범철은 반사적으로 질끈 눈을 감았다. 다시 눈을 떴을 때 SUV는 그의 차 옆을 지나 비스듬히 앞을 가로막는 중이었다. 채 멈추기도 전에 조수석 문이 열리더니 검은 복장의 사내가 뛰어내렸다. 한 명이 아닌 것이다. 아차 싶었다.

"어휴."

재빨리 후진 기어를 넣고 가속 페달을 밟았다. 타이어가 미끄러지는 소리가 들리는가 싶더니 상체가 앞으로 쏠렸다. 두 팔로 운전대를 밀어 버티려 하는 찰나 뭔가에 거세게 부딪히는 충격이 느껴졌고 범철은 말 그대로 운전석 등받이에 처박혀 버렸다. 한 명이 아닐뿐더러 한 대도 아니었다. 뒤쪽을 막아서는 또 다른 SUV를 들이받은 것이다. 조수석에서 내렸던 사내가 다가왔다. 범철의 손이 차 문을 잠그려 더듬거렸지만 그것은 이미 잠겨 있는 채였다.

"송범철 씨."

사내는 운전석 쪽 창문을 두 번 두드린 후 다시 범철을 불렀다.

"송범철 씨, 창문 좀 열어 봐요."

뒤쪽의 SUV에서도 두어 명이 내렸다. 범철은 고개를 돌려 마을쪽을 살폈다. 어디선가 개가 짖고 있었다. 도망을 쳐서 도움을 요청

할 수 있을까? 그는 떠오른 즉시 행동에 옮겼다.

그는 잠금장치를 풀고 힘껏 문을 열어 밀었다. 문짝째로 사내를 밀칠 생각이었다. 하지만 앉은 자세로 상체의 무게만 실어서 민 문은 사내를 고작 반 발짝 정도만 물러나게 했을 뿐이었다.

"송범……, 이 새끼!"

사내와 범철의 시선이 마주쳤다. 실패했다는 걸 깨달은 순간 범철은 곧바로 문을 끌어당겨 닫고 다시 잠갔다. 사내는 어이가 없다는 듯 고개를 절레절레 젓다가 뒤쪽의 SUV를 향해 외쳤다.

"그냥 창문 깨고 꺼내."

그 말을 듣는 순간 범철은 오늘의 선택을 후회했다. 아버지의 주사위는 언제나 괜찮은 방향을 알려주었는데 왜 그의 주사위는 그렇지 않았던 것일까. 아버지에게서 전해진 힘은 그것과 관계가 없는 걸까?

그리고 그 순간부터 범철의 후회가 세상을 되감는 과정이 시작됐다. 우선은 시간의 간격이 벌어지는 것부터였다. 모든 것이 느려지고 헐거워진 시간의 틈 사이로 이전의 시간들이 보였다. 그것들은 선택의 발자국 같았다. 가장 가까운 곳의 차 문을 밀어 열었던 선택부터 더 멀리로는 아연을 그녀의 집까지 데려다주었던 선택도 있었다. 이해할 수 없었던 것들을 한순간에 이해할 수 있었다. 주사위를 굴려 점을 치는 게 아니었다. 랜덤 선택. 난수 발생기. 아버지는 틀렸으면서도 맞았다. 주사위를 굴려야 한다.

발자국을 되짚어 서면 시간을 되감을 수 있다. 언제로 되감을까. 신중하게 생각할 때 벼락이 치듯 어떠한 영감이 왔다. 이 힘은 아버지에게서 그에게로 온 것이다. 아버지가 살아 있던 때로 되감아서 그가 다시 선택하도록 할 수 있다. 아버지의 주사위가 다른 눈을 보이기를 기대할 수 있다. 어쩌면……, 하고 중얼거리며 범철은 시선을 멀리 던졌다. 더 멀리, 더 멀리, 내친김에 아주 멀리로. 발자국을 밟고 선 범철이 뒤로 몸을 밀었다. 그러자 세상이 되감겼다.

* * *

깨지지 말라고 붙여둔 접착테이프가 무색하게도 창문은 죄다 깨져 있었다. 몇 조각의 유리조각이 접착테이프에 붙은 채 바람에 흔들릴 때마다 소리를 냈다. 창고나 보일러실로 썼을 법한 반지하로 내려가는 계단 입구는 화단에서부터 점차 영역을 넓히고 있는 웃자란 잡초가 덮어 가는 중이었다.

"잘 들어요, 송우창 씨. 아들 하나 있죠? 이름이 뭐였더라? 그래, 범철이. 범철이 아주 똑똑한 애더만. 주정뱅이 아버지한테 맞고 컸는데도 잘 자랐어. 그런 애를……."

"협박하는 거라면 잘못 짚었습니다."

손바닥에 묻었던 얼굴을 들며 송우창이 말했다.

"거듭 말하지만 내 점괘는 다른 사람한테는 소용이 없어요. 나도 왜 그런지 모르지만 내 일에만 효과를 보입니다. 당신네 어르신 일을 돕는 건 협박을 한다고 해서 할 수 있는 게 아니란 말입니다. 할 수 있다고 설치고 다니긴 했지. 하지만 그거 다 사기였습니다. 나 사기꾼이에요."

바람이 불자 삐걱거리며 철제문이 열렸다. 붉은 페인트로 철거라는 두 글자가 쓰여 있었다.

"이 봐요, 송우창 씨. 이해를 못 하셨네. 말을 자르고 드니까 이해를 못 하지. 자, 더 들어 봐. 우린 지금 어르신 일을 당신 일로 만들어주겠다는 거야. 당신의 그, 주사위 점? 그걸 해서 결과가 좋으면 당신도 좋고 우리도 좋아. 성공 보수 조로 넉넉히 챙겨도 줄 거야. 그런데 반대로 결과가 나쁘면? 당신 아들이 죽어. 우리가 죽일 거야. 자, 이럼 이제 당신 일이 되는 거지. 이건 협박 같은 게 아니에요, 송우창 씨. 이미 실행에 옮겼어. 당신 애한테는 이제부터 늘 우리 사람이 붙어 있다고. 하지도 않을 일을 겁만 주는 정도로는 당신 일이 될 리가 없다 싶어서 지시가 없어도 결과가 좋지 않으면 곧바로 애를 세상에서 지워 버릴 수 있게 준비를 해 뒀단 말이야."

송우창은 한숨을 내쉬며 고개를 들었다. 작은 마당에서는 작은 하늘이 보였다. 이번에는 반대로 고개를 떨어뜨렸다. 아까 흘렸던 주사위 몇 개가 보였다. 주사위를 굴리고 싶었다.

"내가 끝내 하지 않겠다고……."

"애가 죽지."

불쑥 화가 치밀었다. 주사위가 시키는 대로 했는데 왜 이런 지경에 내몰린 걸까. 평생 단 한 번도 배신한 적 없던 주사위가 왜 그로 하여금 이런 지경에 이르게 했을까. 송우창은 아버지에게서 주사위를 건네받은 이후 처음으로 점괘를 의심했다.

"주사위고 지랄이고 이럴 줄 알았으면 애 엄마 얼굴이나 보러 갈걸."

"왜, 후회돼?"

송우창이 고개를 끄덕였다. 그때부터 세상을 되감는 능력이 발휘되었다.

시간의 간격이 벌어져 발자국들이 보이기 시작했다. 송우창은 더욱 멀리 보았다. 미래의 어느 갈래에서 그의 아들이 하는 것과 하지 않는 것보다 훨씬 더 멀리 돌아갔다. 그가 되짚어선 시간에까지 세상이 되감겼다. 거기에는 한 복사가 있었다.

* * *

복사(卜師)가 일일은 난간에 비겨 하늘을 보았더니 지는 해 붉고 이른 달 희미한되 이는 필시 어떠한 징조이리라 하고 잠 이루지 못하다가 산가지를 모아 판에 던지어 보았거늘 매 던질 적에 흉한 점괘만 반복되니 복사가 이에 혼잣말로 왈

점복이란 것이 하늘의 일이니 어찌 사람의 힘으로 하오리까

그 길로 복사는 집을 떠나 뒤편 높은 재를 오르는되 뉘에게랄 것 없이 탄식하여 이르되

내 오늘 목숨을 도망하야 천지로 집을 삼으니 귀향 긔약이 망연하도다

이럴 적에 재 아래 복사의 집을 횃불 몇이 짓쳐드매 나랏 님 명을 받잡아 복사를 포박하러 든 포졸들이라

포졸들이 복사 간 데 모르고 어리둥절하니 산가지 점괘가 참말로 하늘의 일로 신통하였으나 능선의 어스름으로 복사 걸린 모습 발견

코는 이내 횃불 세우고 쫓아 오르기 시작하는듸 언뜻 번쩍이는 창 칼의 살기가 벌써 폐부를 찔러오는 듯하여 복사는 신세 더욱 설워 하여 하늘 향해 가로되

이는 다시 사람의 일이니 원래의 하늘 일로 만들려면 이러해야 하 는 것이리라

하고 산가지를 꺼내 뿌렸는듸 그 차에

어홍

산군(山君)이 납시었다

산군의 포효에 새가 날고 풀이 떨고 달이 숨고 포졸들 엎디었고 복사가 엎디었다

그 모습들 머리 박은 까투리 같으매 산군께옵서 사냥감 물어 채 듯 복사를 물어 채어 산을 넘고 강을 건너니 복사는 풍운의 조화에 정신을 차리지 못하는 지경이었는듸 문득 고개 들라 산군 말씀 따 르고 보니 곳곳 기화요초 가득한 심산유곡이여시니 복사 죽었나 살 았나 어리둥절 차

복사는 어찌 덧없이 후회하여 본 군을 귀찮게 하였느냐

하고 산군 준엄히 꾸짖는듸 이에 복사 대경하여 복지 왈

소인 산군 말씀 모르겠사온데

산군 재 왈

복사는 산가지를 소홀했으니 후회를 덧없이 매양 거듭하여 산천 초목이 너 복사에게 맴돌이로 붙들려 버리어시니 이는 섭리에 맞지 않아 웃전에서도 난리라 또 한 차례 헛되이 복사 후회키 전 빼낸 것 이니

하나 복사 여전히 조아리며 아뢰되

소인 미진하여 여직 산군 말씀 모르겠사오니

이에 산군께서 재차 포효하여 복사를 겁주며 가로되

가서는 산가지 돌리기 전으로 후회하라 이는 복사가 다음번 후회를 맞아 깨달으리라

끝내 복사는 산군 말씀 알지 못하고 그저 위급한 처지 모면케 한 은(恩)만을 산군께 치사하고 물러나는디 그 적에 산군이 혼잣말로 왈

저 집안 돌보기로 웃전과 약조하길 세 차례의 하산이었는디 복사와만 벌써 두 번째 상면이니 천기 짚어 보지 않아도 세 번째 역시 저 인사임을 알겠다

허나

산군은 틀린 예상을 했던 것이니 산군이 다시 웃전의 명을 받아 하산한 건 한참이나 나중의 일이다

* * *

산군이 밤을 도와 달렸다. 초저녁 어스름부터 어째 기분이 불편하다 하던 차에 웃전에서 명이 내려왔다. 세 번째를 행하라, 하여 산군은 산을 내려가 달리는 중이다. 자칫 사람의 눈에 띌 일을 걱정해야 하겠지만 무시하고 상관치 않았다. 저 집안의 어느 인사 때문에 또 세상이 제자리걸음을 하고 있다. 그걸 해결하는 게 가장 시급했다. 웃전의 생각에도, 또 산군의 생각에도 그러했다.

산군은 비틀거리는 걸음을 걷던 사내 앞을 가로막고 섰다. 술 취한 사내는 예전의 복사만큼은 떨지 않았다. 원래 사내가 담대한 성품을 가져서인지 거나하게 취하여 산군을 제대로 알아보지 못한 탓인지는 알 수 없다. 이도 저도 아니면 그저 꿈이라고 생각하는 것인지도 모른다. 제 눈을 비비고 홉뜨기를 두어 번 반복하는 걸 보니 정말 그런 듯하다.

"점쟁이야."

산군이 으르렁거렸다.

"산가지는 어디 두었느냐?"

사내는 매일 같이 술을 마셨다. 술을 마시고 집에 들어갔다. 집에 들어가 집사람에게 짜증을 내었다. '조선이라는 나라에 살려니 술을 마시지 않고 배겨?'라는 것이 한결같은 사내의 핑계였다. 하지만 거기까지였다면 그럭저럭 몹쓸 남편으로 머물 수 있었을 것이다. 한데 이 사내가 아예 못 써먹을 종자는 아니었던 게 더 큰 문제를 일으켰다. 어느 하루 문득 마누라한테 이래서는 안 된다고 후회를 해대고만 것이다. 그렇게 사내는 세상을 제자리걸음 시키기 시작하였다.

세상을 시간에 못 박은 사내가 호주머니를 뒤지는 시늉을 하다가 저잣거리 약장수처럼 빈손을 펼쳐 보였다.

"산가지요? 없읍니다. 다만 주사위가 있다오."

그러더니 다시 호주머니에 손을 넣어 주사위 한 쌍을 새로이 꺼내 들고는 그것을 바닥에 내팽개쳐 버리었다.

"이깟 것 아무리 굴려도 수가 없어. 이놈의 나라에 태어난 게 죄라면 죄랄까."

사내의 하는 꼴을 지켜보다가 산군은 하늘을 향해 울부짖고는 말했다.

"들으라."

"듣고 있으니 어디 한번 말씀해 보십시오."

"여(汝)와 여의 선대는 다르다. 처음에는 여를 도와 후회의 싹을 없앨까 생각했으나 다른 나라에서 새로이 태어나게 해줄 수가 없다. 남의 것이 된 나라를 되찾아줄 수도 없다. 하여 여는 곧 헛되이 후회하게 될 터인데."

사내가 비틀거리다가 팔을 뻗었다. 노변에 줄지어 대어 사슬로 엮어 놓은 인력거들이 사내의 체중에 떠밀려 철컹철컹 소리를 내었다. 인력거에 기대어 겨우 자빠지지 않은 사내가 어지럼증으로 머리를 흔들었다.

"근데 무슨 말씀인지 모르겠소. 후회할 거라고? 진작부터 이 땅에 난 것을 후회하고는 있습니다만."

허튼소리. 그런 것은 후회와 다르다. 산군은 사내의 변을 무시하고서 이빨을 드러냈다.

"그래서 내 너를 이 자리에서 물어 죽여 섭리대로 흐름을 바로잡을 것이니. 알고 가거라."

산군이 훅하고 달려들어 사내의 목을 물었다. 사내가 껙껙 하고 숨넘어가는 소리를 냈다. 팔로 산군을 밀치며 저항하는 듯했으나 그마저도 산군이 사내를 문 그대로 상체를 휙 휘두르자 우드득 하는 끔찍한 소리와 함께 잠잠해졌다. 산군은 한동안 더 사내를 물고 있다가 숨이 끊어졌는지 확인하였다. 시간이 여전히 순리대로 흐르는 걸로 봐서는 사내가 후회할 새도 없이 숨을 끊어 버리는 일은 성공한 듯하였다.

산으로 돌아가는 길에 산군이 혼잣말하였다.

"웃전은 일을 허투루 하지 않으니 곧 다른 집안이 소임을 맡게 될 것이다. 허나 나는 웃전과의 약조를 어기었으니 벌을 받을 것. 오랜 적공(積功)이 이렇게 끝나지만 마땅히 될 일이었다."

며칠 후, 순사 미야케가 사람들을 동원하여 호랑이 사냥에 나섰다. 몰이꾼을 피해 산에서 달아 나오던 산군은 목을 지키던 포수의 총탄을 맞고 쓰러졌다. 상처 입은 호랑이의 포효는 두 번째 총성에 뚝 끊겨 버렸다.

* * *

"야, 송……!"

박 차장은 범철을 부르려다가 말았다. 무슨 일인가 싶어 고개를 든 범철에게 그는 대충 손을 내저어 보였다.

"아냐 됐어. 너 말고, 너 말고……. 그래, 아연 씨. 아연 씨 이리 와 봐."

아연에게 박 차장은 업무지시를 내렸다. 퇴근 시간이 30분 남았을 때였다.

"좀 전에 전체 메일 뿌린 거 봤지? 그거 해서 내일 아침에 볼 수 있게 좀 보내줘. 16번에 로그 쌓이니까 그거 참고하면 될 거야."

범철은 안도의 한숨을 삼켰다. 박 차장이 그를 지목하지 않아서 다행이었다. 이어진 회식 자리에도 아연은 끝내 참석하지 못했다.

　그날 밤 범철은 아버지의 죽음을 느꼈다. 잘 죽었다. 그의 감상은 짧았지만 결국 그는 주사위를 쥐고 말았다.

　며칠 후 범철은 회사 휴게실에서 커피를 찾으려 찻장을 열다가 텀블러를 떨어뜨렸다. 요란한 소리에 놀란 김 실장이 휴게실에 뛰어들다가 범철을 보고는 우뚝 멈춰 섰다. 바닥에 나뒹구는 텀블러와 범철을 번갈아 쳐다보고 상황을 파악한 김 실장이 쯧 하고 혀를 차고는 휴게실에서 나갔다.

　주사위를 굴려 녹차를 마시고 있을 때 아연이 250개들이 믹스커피 박스를 들고 왔다. 그녀는 박스를 놓고 커피 한 잔을 타서 나갔다. 범철도 아연도 서로에게 관심이 없었다.

　창밖에 첫눈이 내리고 있었다. 범철은 잿빛 시선으로 하얀 세상을 응시하다가 나지막이 노래를 흥얼거렸다.

　"아직 단 한 번의 후회도 느껴 본 적은 없어."

러브 모노레일 제 1·2회 타임리프 공모전 수상 작품집

1판 1쇄 펴냄 2016년 6월 10일
1판 3쇄 펴냄 2020년 7월 16일

지은이 | 윤여경, 지현상, 김용준, 차태훈, 조예은, 윤태식
발행인 | 박근섭
편집인 | 김준혁
펴낸곳 | 황금가지

출판등록 | 2009. 10. 8 (제2009-000273호)
주소 | 06027 서울 강남구 도산대로 1길 62 강남출판문화센터 5층
전화 | 영업부 515-2000 **편집부** 3446-8774 **팩시밀리** 515-2007
홈페이지 | www.goldenbough.co.kr

도서 파본 등의 이유로 반송이 필요할 경우에는 구매처에서 교환하시고
출판사 교환이 필요할 경우에는 아래 주소로 반송 사유를 적어 도서와 함께 보내주세요.
06027 서울 강남구 도산대로 1길 62 강남출판문화센터 6층 민음인 마케팅부

© 윤여경 외 5인, 2016. Printed in Seoul, Korea
ISBN 979-11-5888-127-6 03810

㈜민음인은 민음사 출판 그룹의 자회사입니다.
황금가지는 ㈜민음인의 픽션 전문 출간 브랜드입니다.